Am Anfang seiner literarischen Laufbahn schrieb Ferdinandy Gedichte, Skizzen (Croqis) und Feuilletons. Seine eigene Stimme fand er im Band *Die Rede des Universitätsprofessors Nemezió Gonzáles an die Tiere des Schwarzwaldes (1970)*: Er benutzt die modernen westeuropäischen Strömungen, besonders den Surrealismus und die Möglichleiten des französischen „neuen Romans". Ferdinandy wählt seine Zeithorizonte frei: Ungezwungen springt er zwischen Motiven des Traums und der Wirklichkeit. Seine Narration wird durch poetische Beschreibungen und schnellläufige Dialoge charakterisiert. Seine Geschichten sind mit Erinnerungsfragmenten aus Budapest, dem Elsass und Puerto Rico durchwebt, gerne benutzt er die Möglichkeiten des Irrealen und des ästhetischen Kommentars. Mit lebendigen Farben beschreibt er seine exotische Umgebung, mit Ironie betrachtet er sein westeuropäisches Leben und mit elegischer Stimme verabschiedet er sich von seiner Jugendzeit. Im Mittelpunkt dieser Jugendjahre stehen selbstverständlich die erlebte Revolution von 1956, die Flucht, der Versuch, in der westlichen Welt eine neue Heimat zu finden. In seinen neueren Erzählungen beschreibt er mit Ironie und Wehmut die Möglichkeit und Unmöglichkeit der Rückkehr in die alte Heimat, nach vierzig Jahren Abwesenheit.

Ehrungen:
Del Duca-Preis [Frankreich], 1961
Saint-Exupéry-Preis [Frankreich], 1964
Az Év Könyve Jutalom, 1993 (Das Buch des Jahres in Ungarn)
Attila József –Preis [Ungarn], 1995
Sándor Márai-Preis [Ungarn], 1997
Gyula Krúdy-Preis [Ungarn], 2000
Preis des Internationalen PEN Clubs, Kategorie Prosa, 2000
Alföld-Preis [Ungarn], 2004
Großer Preis der Ungarischen Schaffenden Künstler, 2006
Tibor Déry-Preis, 2008
Offizierskreuz des Verdienstordens der Republik Ungarn, 2011
János Arany-Preis, 2015

György Ferdinandy

Auf Fortunas Rad

Novellen

© 2018 György Ferdinandy
© 2018 der deutschen Übersetzung: Gabriel Maria Trischler

Übersetzung: Gabriel Maria Trischler
Deutsche Erstausgabe

Verlag: tredition GmbH
ISBN: 978-3-7469-2557-8 (Paperback)
978-3-7469-2558-5 (e-Book)

Bibliografische Information der Deutschen Nationalbibliothek:
Die Deutsche Nationalbibliothek verzeichnet diese Publikation in der Deutschen Nationalbibliografie; detaillierte bibliografische Daten sind im Internet über http://dnb.d-nb.de abrufbar.

Inhaltsverzeichnis

Magnetische Kraftfelder

1

Die Tür des Krankenzimmers hat man aufgerissen, ein Pfleger schmiss ein kleines, braunes Päckchen ans Ende des Betts. Seine Zimmergenossen standen in der Schlange vor dem Waschbecken, sie sahen ihm nicht zu. Yuri setzte sich auf das Bett zurück, und fing an, das Päckchen zu öffnen. Draußen wurde es langsam hell.

Der Gurt wabbelte locker, aber seine Finger wurden mit dem Knoten nicht fertig. Der Schweiß perlte von seiner Stirn. Als er fertig wurde, sah er, dass der braune Stoff seine Jacke war. Darin lagen Hose, Hemd, Socken und die Kreppsohlenschuhe. Er war nicht mehr allein: Mit Seife und Handtuch in der Hand standen die anderen um sein Bett herum.

- Ich habe keine Unterhose – sagte Yuri.

- Los, Mensch. Demnächst kleiden Sie sich so, wie Sie es nur wollen.

Mit hängendem Kopf standen die anderen um sein Bett herum.

- Tschüss – sagte Yuri.

- Alle sind gleich – grinste der Pfleger. Sie gewöhnten sich schon so gut hierher, dass die Meisten nicht mehr entlassen werden wollten.

- Wohin bringen sie mich? – fragte Yuri.

- Zu Ihrer Einheit.

Er bekam erneut einen Schweißausbruch.

Der Krankentransporter ruckelte über das Kopfsteinpflaster.

- Wir sind da – sagte der Fahrer bald.

Der modrige Kasernengeruch schlug in seine Nase. Von dem Parterre, wo sich die Arrestzellen befanden, näherte sich ein schreibkraftmäßiger Obergefreiter. Er ging bei Yuri vorbei, und nur aus der Tür rief er zurück:

- Worauf warten Sie?

- Ich weiß es nicht, bitte – antwortete er.

- Kommen Sie aus dem Krankenhaus?

- Von dort wurde ich hergebracht. - antwortete er.

- Machen Sie die Tür zu.

- Wohin bringen Sie mich?

- Hier sollen Sie unterschreiben.

Yuri las den Fragebogen. Unter die Waffengattung: „keine" tippte man: „Im Kriegsfall heimatdiensttauglich".

- Sind Sie Autobusschaffner? – fragte die Schreibkraft.

- Das war ich – antwortete Yuri.

- Wie sind Sie hier gelandet?

Er zog seine Schulter hoch.

- Sicherlich nicht ohne Grund. Gehen Sie zu Ihrer Firma zurück?

Er antwortete nicht.

- Innerhalb der nächsten vierundzwanzig Stunden melden Sie sich bei Ihrem zuständigen Kreiswehrersatzamt.

- Darf ich gehen? – fragte er einen Moment später.

- Sind Sie immer noch hier?

Er schlug die Absätze zusammen, die Kreppsohlenschuhe quietschten.

- Na dann – sagte er. Niemand antwortete. Das Putzmittel und der Geruch des kalten Kartoffelgulaschs schlugen in seine Nase. Zum dritten Mal bekam er einen Schweißausbruch. Er ging langsam an dem leeren Gang entlang, am Ausgang nahm ihm der Werter das Papier ab. Das Tor ging zu, Yuri stand auf einer verstaubten Provinzstraße. Die Straße war leer und geräuschvoll.

Als er zuletzt hier war, schneite es. Er wurde zum Friseur gebracht, der Wachmann am Tor bot ihm eine Zigarette an. Auf dem Rückweg (von seinem weiß rasierten Schädel rannte der Schneeregen in sein Gesicht) sprach niemand mehr mit ihm. Im Krankenhaus wurde er auch nicht als Mensch wahrgenommen, bis seine Haare in wilden Büscheln zu wachsen anfingen.

Es ist ein lauer Herbstmorgen, Nebelschwaden schweben über die Landschaft, müde, fast waagerechte Sonnenstrahlen. Das schwammige Gewebe der Stille sog sich mit stumpfen Summen voll: Die Stadt lag da, nicht weit, unter dem Bogen des Himmels.

Bis zur Straßenbahn musste er fünfhundert Meter gehen. Langsam schritt er zwischen den Sandhügeln vorwärts. Er konnte am halben Weg gewesen sein, als ein Fahrradfahrer klingelte. Ein rundköpfiger Mann mit Schildmütze radelte an ihm vorbei, er atmete Zeit für Zeit Dampfwolken aus. Yuri schaute nach oben: Der Himmel war blau, hellblau. Soeben schwamm ein durchsichtiger Wolkenfetzen ins Bild. Mit all seinen Nervensträngen empfand er die Bewegungen und die Entfernungen. Er setzte sich ins Gras. Dann betrachtete er den Boden um seinen Fuß herum, die aus dem Licht in den Schatten herabpurzelnden Sandkörner.

Als sein Brechreiz sich wieder legte, stand er auf und schüttelte seine Hose ab. Ein Schatten fiel auf sein Gesicht: Auf der Straße stand ein Mädchen, mit an die Seite geneigtem Kopf betrachtete es die Bewegungen des Mannes. Es war schlank, ernst, ältlich: An ihrer Hüfte hing ein mit Bindfaden zusammengezogener Unterrock.

Yuri schüttelte seine Kleidung erneut ab und wollte weitergehen, aber das Mädchen verstellte den Weg.

- Was willst du? – fragte der Mann.

- Haben Sie einen Zwanziger?

- Nein.

- Die von dort kommen, haben immer einen Zwanziger übrig – sagte das Mädchen.

Es richtete sich auf und streichelte seine öligen schwarzen Haare nach hinten.

- Ich habe keinen – Yuri lief rot an.

- Gib deine Hand her – sagte das Mädchen.

Trocken, knochig war ihre Hand.

- Siehst du etwas? – Fragte Yuri, während er in seiner Tasche suchend eine zwei Forint Münze fand.

- Einen Weg sehe ich. Langen, endlosen Weg.

- Wenn du mich jetzt nicht loslässt, fährt meine Straßenbahn weg.

Er ließ die Münze in den Rock des Mädchens fallen.

Die Straßenbahn stand an der Haltestelle. Die Luft ist schon ganz warm geworden. Yuri stieg in den hinteren Wagen ein und blieb im offenen Teil stehen. Über den Sanddünen funkelten die Sonnenstrahlen. – Hinter ihnen liegt das Meer. Es wird einmal hervorscheinen. Salziger Wind weht, Meeresvögel kreisen.

Die Schienen schmiegten sich quietschend unter die Räder.

Aus dem Magen von Yuri stieg eine rhythmische Bewegung auf, sie ergriff seinen Brustkorb, Hals und Schulter. Der frische Luftstrom schlug in sein Gesicht, er presste seinen Mund zusammen, auf der offenen Plattform der in der Sandwüste schlingenden Straßenbahn wartete er darauf, dass der unendliche Wasserspiegel erscheint, unter der blass blinzelnden Herbstsonne.

2.

Mit seinem ganzen Körper neigte er sich in den Luftstrom. Diese quietschende Raserei nahm seine Sinnesorgane unerbittlich unter Beschuss. Der Dampf des abgefallenen Laubs griff in seinen Magen, das Geräusch der kreischenden Schienen schnitt in sein Trommelfell.

Die Akazienbäume und die Häuserzeilen flossen vor seinen Augen zusammen. Alles war zu stark, mächtig, übersteigert.

Der Zug erreichte die Stadt. Yuri sah Geschäfte, bemäntelte, behütete Fußgänger, mit Bierfässern beladene Pferdefuhrwerke. Vor einer roten Ampel standen sie lange, sie wollte nicht auf Gelb wechseln. Yuri atmete auf, als der Wagen sich endlich erneut bewegte.

Am Pester Brückenkopf sonnten sich die Busfahrer vor der Pausenbude. Er setzte sich in einen leeren Wagen. Von dieser Minute an fing sich der Knoten in seinem Hals zu lösen. Waren es die Düfte des Kunstleders und des Benzins, das Stöhnen der Federung, als die Fahrgäste einstiegen und sich hinsetzten, die bekannte Ruhe der Endstationen? Er fühlte, wie sich der Krampf in seinen Gliedern löste. Die Rücklehne des Sitzes war weich, Yuri stützte seinen Kopf an die Glasscheibe, er ruhte sich aus.

Durch das beschlagene Fenster erreichten ihn die Geräusche aus der Ferne. Das Klopfen des Dienstleiters am Fenster der Wärmestube, die Tür der Fahrerkabine, mit dem Motor gleichzeitig schallende Klingel, irgendwo hinten eine frische Frauenstimme.

Sie überquerten den Fluss über die Brücke, Yuri erinnerte sich, dass es ihm hier öfters schwindlig wurde, wenn er das graue, breite Wasser zu lange anschaute. Damals waren noch die langnasigen Busse mit den Ledersitzen im Verkehr: Yuri kannte die Fahrer, die mit den schweren, verschnörkelten Lenkrädern rangen. Sie hielten am Sonnenberg an, der Fahrer stieg aus, drehte die Metallkappe des Kühlers ab, er ließ ihn einige Momente lang abkühlen. Später, bei der Zion-Treppe holte er eine Kanne und füllte das Wasser nach.

Die Gegend hat sich seit Yuris Kindheit kaum verändert. Das Kühlwasser kochte nicht mehr so leicht in den Bussen, wie früher, aber die Wagen quälten sich immer noch an den kurvenreichen Bergstraßen.

Der Bub kuschelte sich an die Fahrerkabine, schloss seine Augen, presste seine Hände an die Ohren. Es war ein interessantes Spiel. Nach kurzer Zeit musste man erraten, wo der Wagen war. Er irrte sich selten, und das war gut. Zu wissen, dass alles bekannt ist, dass alles seine Ordnung hat. An der Korompai Straße nahm ihn seine Oma an die Hand, der Onkel Schaffner half ihnen beim Gepäck, er salutierte, Oma gab ihm Trinkgeld, dann ertönte die Klingel und der Bus eierte weiter.

Später, als er selber Schaffner wurde, entwickelte er dieses Spiel weiter: Er dehnte es auf die ganze Stadt aus. Da wurden selbst die Menschen einbezogen, nicht nur die Häuser und Brücken. Es ist wohl wahr, dass er keinen schweren Stand damit hatte, da die Gegend und die Menschen sich kaum verändert hatten.

Oberhalb der Alkotás Straße erschienen die zwei winzigen, kahlen Gipfel des Adlerbergs, ebenso wie früher, um genauer zu sein, ein bisschen niedriger vielleicht. Die Straße war leer, an der Haltestelle wartete niemand. Die Bordsteine erkannte er zuerst – die mit den Bombensplittern im Asphalt. Die Eisenschnörkel der Gullideckel blieben die alten, ebenso wie die alte Aufschrift am Transformatorenhäuschen. Hier, an dieser Ecke fiel er einmal hin, die Sonne schien damals ebenso flach wie jetzt.

Er hob seinen Kopf, er sah das gelbe Gebäude der Szüz-Fabrik, und dann ertörte die Glocke im Turm der Matthiaskirche. Zu dem feierlichen Läuten gesellten sich noch die Krisztinakirche und die Kapelle des Friedhofs. Im Sonnenlicht tanzten die feinen Staubkörnchen, die Töne schallten und zitterten. Es wurde ihm wieder schwindlig, als ob der Widerhall ihn beworfen hätte, er fühlte sich schwerelos, die Welt drehte sich mit ihm, sein Magen hob sich wie ein aufsteigender Zeppelin und stieß rhythmisch die Säure herauf.

In der Tiefe der aus dem tiefen Tal der Berge heraufsteigenden Mittagsglocken heulte eine Sirene. Yuri rannte im Schatten seiner Mutter, die seine Schwester auf dem Arm trug, auf seinen kleinen, immer wieder stolpernden Bruder aufpassend. Als sie das obere Ende der Zion-Treppe erreichten, verstummte meistens das Sirenenheulen auch: Die Stimme bog sich dann immer langsamer in die Tiefe der Stadt hinunter. Oben, auf dem Berg wurde es still, die Menschen warteten in den Luftschutzkellern auf die ersten Explosionen. Yuri legte die letzten zweihundert Meter still zurück, fast auf den Zehenspitzen. Sie beeilten sich nicht mehr und genossen diese glücklichen, friedlichen Minuten, allein über der Stadt, unter den Schäfchenwolken des pastellfarbenen Himmels.

Die Töne der Mittagsglocken verflogen, Yuri staubte sich ab und brach auf, in die Richtung, wo er wohnte.

3.

Er klopfte ans Fenster. – Bitte – antwortete Mutters Stimme prompt.

- Bitte – wiederholte sie.– Wer ist da? – Yuri erfasste ein komisches Gefühl, als ob er alles aus der Entfernung betrachtete, das Haus, sich selbst, als ob das alles nicht die Wirklichkeit sei. Mutter blieb in der offenen Tür stehen, rieb ihre Hände an ihrem Kittel ab. –

Wer ist da? – fragte sie verschreckt, verunsichert. Yuri antwortete nicht.

- Mein Gott! – Mutters Stimme überschlug sich. - Am Klopfen habe ich dich erkannt. Komm herein. Wir stehen bloß in der Tür.

- Ich wurde entlassen – sagte Yuri.

- Oh, mein Gott!

- Wohnen wir hier?

- Hier, hier in die Garage – drängte ihn Mutter hinein.

Die Garage wurde getüncht und geteilt. Die eine Hälfte wurde die Küche, die andere das Zimmer.

- Also, ich wurde entlassen!

Er betrachtete die kleinen Löcher im Zementboden, sie wurden früher als Zierde gedacht.

- Ja, – sagte Mutter – die Garage. Wer hätte es gedacht?

Yuri trank ein Glas Wasser, zu Mittag gab es Kartoffelsuppe. Mutter erzählte wie ein Wasserfall, ununterbrochen, wie eine, die Angst davor hat, wenn sie damit aufhöre, bräche der Traum augenblicklich ab.

- Die Wohnung hat man abgetrennt. – sagte sie. – In Richtung der Veranda wohnt irgendein Ministerialbeamter, und hier, über uns immer noch jener Soldat.

Er trank wieder ein Glas Wasser.

- So kommen wir auch aus. Es ist gut isoliert, dieses Haus ist eine solide Arbeit aus den guten alten Zeiten.

- Brüderchen? – fragte er.

- Ihm geht es gut, ihm geht es auch gut – die Stimme Mutters überschlug sich erneut. – Ihn hat man aufs Land versetzt. Er ist Lehrer geworden, man hat ihn in Ruhe gelassen. Er wurde nicht eingezogen. Zu Weihnachten kommt er nach Hause. Er verbringt die Feiertage mit uns.

Draußen brummte ein Motor, Yuri hörte die Schritte seiner Schwester auf den Kieseln.

- Wer ist da? – fragte das junge Mädchen. – Mein Gott! – rief sie, wie Mutter soeben.

- Er wurde entlassen.

- Endgültig? – fragte seine Schwester.

Yuri lächelte.

- Wo sollen wir ihm das Bett machen?

- Einen Platz finden wir schon. Wir rücken ein bisschen zusammen.

- Arbeitest du noch dort? – fragte Yuri.

- Ja. Legst du dich hin?

- Ich würde lieber herumgehen. Die Sonne scheint so schön.

- Ich begleite dich – sprang Mutter auf.

- Schau dich um – sagte seine Schwester. – Es gibt nicht viel zu sehen. Alles blieb gleich.

- Ah, keineswegs gleich – sagte Mutter am Tor. – die Engländer zogen in die Stadt. Letztes Jahr starb der alte Bérczi. Klärchen ließ sich scheiden: Eine große dicke Frau ist aus ihr geworden. Fodor hat Geld veruntreut. Man sagt – fügte sie hinzu -, wenn die Kinder erwachsen sind, werden sie ihren Vater nicht mehr kennen. Szönyi ist im Westen. Seine Mutter starb am Krebs, in der Wohnung blieb seine Schwester allein. Kozma wurde unlängst aus dem Gefängnis entlassen. Ich wusste, dass du eines Tages auch heimkehrst. Ein dünner, glatzköpfiger Gnom wurde der große Mensch. Seine Frau gab ihr letztes Geld aus, um ihn aufzupeppen: Neue Zähne machen zu lassen, da er zwischenzeitlich all seine Zähne verloren hatte. Als es ihm wieder besser ging, wurden bei ihm erneut Versammlungen abgehalten und eines Tages verschwand er nach Amerika. Seine Tochter, die kleinere, ging mit ihm. Seine Frau, die Unglückliche, starb paar Wochen später. Sie hat auf ihn zehn Jahre gewartet, arbeitete in einer Fabrik. Die größere Tochter lebt hier in der Gegend. Neulich habe ich sie mit einem Kinderwagen spazierend gesehen. Alle anderen Nachbarn sind Fremde – sagte Mutter. – Alle wurden zwangsausgesiedelt.

- Zwangsausgesiedelt?

- Wir warteten auf den Lastwagen auch drei Nächte lang, aber aus irgendwelchem Grund wurden wir vergessen.

- Aber wohin?

- Zur Landarbeit. Deinen Onkel Hans holte man sofort in der ersten Nacht. Bald darauf starb der Arme auch. Tante Margarete wurde nach Hause entlassen. Ich habe sie nicht mehr erkannt, weiß du, ein dünnes Tantchen mit Kopftuch wurde sie und sie ging am Stock, als sie zurückkam. Wir ließen sie in der Familiengruft beerdigen – somit beendete Mutter die Erzählung. – Sie wurde nicht weggenommen, mein Sohn: Die Familiengruft blieb.

- Aber die Neuen sind nicht alle so – fügte sie hinzu. – Es gibt unter ihnen auch Ordentlichere. Auf die Meisten wartet morgens ein Fahrer, der fährt sie irgendwohin, was nur der Teufel weiß.

Sie umrundeten den Block, die von drei Nachbarstraßen begrenzt war.

- Die Kastanienbäume pflanzten wir noch mit deinem Großvater. Damals gab es hier weder Häuser noch Straßen. Ziegen weideten hier am Hang, ein Eselstreiber brachte das Wasser, der Donauwasser-Verkäufer. Großvater pflückte Marillen, setzte Reben.

Mutter schaute mit gehobenem Kopf auf den Himmel über dem kahlen Gipfel des Berges. Sie kehrten nach Hause zurück. Es dämmerte.

4.

Das Geschirrklirren weckte ihn. Seine Schwester hantierte in der Küche, schon marschbereit. Draußen war es noch dunkel.

- Wie viel Uhr ist es? – fragte Yuri.

Alles fängt erneut an.

- Gehst du zurück zum Bus? – fragte seine Schwester.

Er zog seine Schultern hoch.

- Du könntest es anderswo versuchen.

- Wer von dort herkommt? – Yuri lachte – wo sind meine Sachen? – fragte er danach.

- Du hast keine Sachen. Alles ist weg. Was geblieben ist, trägt jetzt dein Bruder.

- Die Bücher?

- Sie auch.

- Dann kommt die Uniform doch gut gelegen.

- Dein Kaffee – sagte seine Schwester.

Mit hochrotem Gesicht, eine volle Tüte schleppend traf Mutter ein.

- Ich habe Speck ergattert – stöhnte sie -, und Kipferl habe ich auch gekriegt, als ich erzählt hatte, dass mein Sohn heimgekehrt ist.

Das Kipferl war trocken, aber in den Kaffee getunkt kam sein Geschmack wieder. Auf der Oberseite fand man auch Kümmel.

Warum bist du so früh aufgestanden? – fragte Mutter.

- Er wird bestimmt noch viel zu tun haben – antwortete anstatt Yuri seine Schwester.

- Heute hätte er sich doch noch ausruhen können.

- Tschüss – rief das Mädchen aus der Tür zurück.

- Schau – sagte Mutter -, heute ist vieles anders als früher. Aber du sollst weiterhin aufpassen: rede nicht. Gehst du zum Bus?

- Ja, dorthin.

Die Luft war beißend, die Spitze des Nonnenklosters am Ende der Straße steckte im Nebel. Vieles habe sich geändert, sagte Mutter. Yuri schaute die schäbigen Häuser, die müden Straßenbahnen an. An der Eisenbahnbrücke blieb er stehen. Auf den von Unkraut überwucherten Schienen rangierte eine einsame Lokomotive, der heiße Dampf schlug in das Gesicht des Mannes. Für einen Moment hat ihn der Dampf völlig umhüllt, oben, auf der Brücke. Yuri schaute in den Schornstein, wie in seiner Kindheit, und jetzt sah er auch nichts. Später verließ ein langer Zug den Bahnhof. In das monotone Knattern der Wagenschlange pfiff die Lokomotive, dann verschwand der Personenzug in der engen Kehle des Tunnels.

Er ging am Restaurant „Zur Marmorbraut" vorbei und ließ das Mädchengymnasium hinter sich. Vor dem Kreiswehrersatzamt stand kein Wachposten, er überquerte den Hof und öffnete die Tür. Man schaute sein Buch durch, der Stubenschreiber steckte die Befunde ein, dann schrieb er auf den Umschlag: geheilt entlassen.

Im Vorraum der Toilette hörte er leises Stöhnen. In der Ecke wusch ein glatzköpfiger Mann auf allen Vieren den Boden.

– Bitte schön – flüsterte er, so leise, dass Yuri einen Moment lang nicht wusste, woher die Stimme kam. Yuri blieb vor einer Schüssel stehen. – würden Sie es verschicken? - Der Junge übergab ihm ein klein gefaltetes, kariertes Heftblatt. Provokation – dachte Yuri, er nickte und steckte das Blatt in seine Tasche.

Er kehrte in das Büro zurück. – Sie dürfen gehen – sagte der Stubenschreiber. Mit zitternden Knien durchquerte er den Hof.

Auf der Straße schlug ihm die frische Luft ins Gesicht. Den Nebel durchbrach die Sonne aus der Richtung des Gellert-Bergs. Am Donauufer angekommen zog er den mit Bleistift geschriebenen Brief aus seiner Tasche: „Mein liebes Muttilein – las er -, ich lasse es dich wissen, dass ich lebe." Yuri setzte sich hin, seine Faust presste er an seine Schläfe. An der Béla Bartók Allee kaufte er einen Umschlag und Briefmarken, er verschickte die mit dem Bleistift geschriebenen Zeilen.

- Haben Sie irgendeinen Wunsch – fragte man ihn in der Budaer Garage.

- Ich wurde an der Universität angenommen – sagte Yuri. – Wenn es möglich wäre, möchte ich weiterhin die Nachmittagsschicht mitmachen.

- Gewiss möglich – antwortete man. - Sie werden sehen, vieles hat sich hier verändert.

Der Personaler kam zum Flur heraus.

- Wissen Sie – suchte er die Worte -, hier freuen sich alle, dass sie zurückgekommen sind. Erstaunlich, dass es sich so entwickelt hat.

Er drückte ihm einen Umschlag in die Hand, darauf stand: Uniformniederlassung Sandor Péterfy Straße.

Der Spitzenverkehr war schon vorbei, mit dem Bus Nummer 7 war er in einer

Viertelstunde am Ostbahnhof. Provinzler, Herumtreiber, Roma Frauen flanierten im herbstlichen Sonnenschein am Baross Platz. Yuri trat in die Stehkneipe ein, vorsichtig umging er die nach Buttermilch duftenden schweren Bündel. Das Bier stieg sofort in seinen Kopf. Neben dem Fenster, in der Ecke, hob ein alter Mann mit Schildmütze seinen knorrigen Finger und sagte etwas mit heiserer Stimme. Ich verfehlte dort alles – sang der Schildmützenträger und Yuri blieb stehen, um es zu erfahren, wo. Aber der Alte verriet es nicht. Am Geld sparte ich nie – nickte er.

- Ich glaube es Ihnen – grinste Yuri. Er schlich durch die Tür raus, bevor der Alte es hätte bemerken können, dass er kurz Publikum hatte.

Bei der Kleiderniederlassung lief alles blitzartig. Er erhielt einen schwarzen Anzug, Hemd, Schuhe, Wintermantel, eine Tellermütze mit Schild. Er konnte zwischen den Lochern wählen, früher hatte er einen leichten Aluminiumlocher, aber jetzt fand er nur schwere Metallkonstruktionen.

- Wie viele Sterne haben sie? – fragte ihn der Angestellte.

- Zwei.

- Setzten Sie sich hin, Kollege, wir nähen die Sterne an.

- Wie stehen sie mir? – fragte Yuri eine junge Frau.

Die Kleiderniederlassung war mit Spiegeln nicht ausgestattet.

- Also – zog die Angestellte ihre Schultern hoch – zu Hause ändern alle daran.

Die Frau schaute gerade in seine Augen: Es ist erfreulich – sagte sie -, dass man daran ändern darf.

- Seit wann sind Sie bei der Firma? – fragte sie später.

- Schon länger. Aber drei Jahre sind zwischenzeitlich ausgeblieben.

- Und jetzt? Wurden Sie entlassen?

- Sieht man mir das an?

Er unterschrieb die Quittung. Die Schuhe rieben seine Füße auf und er schwitzte unter dem Gewicht des Kleiderpakets. Die Geräusche betäubten ihn: das Getümmel der Fußgänger, die ratternden Straßenbahnen. Vor einem Kino blieb er stehen: Ein französischer Film lief seit zehn Uhr morgens ununterbrochen. Yuri glotzte eine Weile lang die Schenkel der jungen Schauspielerin an und als er bemerkte, dass auch andere um ihn herum standen, brach er beschämt in Richtung des Donauufers auf.

Am Mittag stellte er sich hinter die Theke der Astoria. Er aß „Bohnensuppe mit Nudeln" und zwei Scheiben Brot. Die Suppe war heiß und dick, aber Nudeln fand er keine drin, doch dafür schwammen zwei Scheiben Wurst in dem Eintopf.

Danach zog er sich in Schwarz um, ein Mann mit farblosen Augen blieb genau vor ihm stehen. Unter seinem Arm hielt er einen schäbigen Geigenkasten fest. Als er durch die Tür rausging, sah er, wie sich der Musiker über die Bohnensuppenreste herwarf. Die Wolken verdeckten die Sonne.

5.

Er ging zum unteren Kai, setzte sich, sah die Berge an. Nicht weit von ihm kauerte ein Liebespaar, das Mädchen zog die Schuhe aus, turnte ihre Zehen in der Sonne. Unten, am Rande des breiten, grauen Wassers las ein Junge mit Brille. Yuri machte seine Augen zu, ruhte sich aus. Später keuchte ein Schlepper vor ihm vorbei, und es war ihm, als ob er ein Rufen oder Lachen gehört hätte. Die Stimmen kamen von der Universität. Yuri fand es komisch, dass die Rufe nicht schön, im Takt kamen, sondern durcheinander, wie beim Fußballspiel die Menge den Schiedsrichter beschimpft.

- Man hat mich hier aufgenommen – er übergab der Sekretärin die Benachrichtigung.

Sie las sie aufmerksam durch.

- Ist es ein Irrtum? - fragte Yuri.

- Nein, nein, es ist kein Irrtum – lachte die junge Frau. – Sie haben sich vor drei Jahren beworben.

Yuri nickte bejahend.

- Und jetzt? Wurden Sie entlassen?

- Man sieht mir das an, ich weiß – er zog seine Schultern hoch.

Die Sekretärin musterte ihn wieder länger.

- Machen Sie sich nichts daraus– sagte sie. – Vergessen Sie es, wenn es möglich ist.

Im Bus traf er eine alte Schaffnerkollegin. Eine blonde Vierzigerin war diese Marika, seitdem er sie nicht gesehen hatte, bekam sie mehr Farbe und wurde muskulöser.

- Mein Gott! – sagte sie auch. – Ich sah Ihren Namen auf dem Dienstplan.

- Ich fange morgen Mittag an.

- Ich dachte, es flimmert mir vor den Augen.

Sie ging nach vorne, arbeitete den Wagen ab und blieb wieder vor Yuri stehen. Sie schauten sich gegenseitig an, er zog seine Schultern hoch, die Frau nickte und sagte nur so viel: „Arbeiten darf man".

Dann stieg er aus, der Fahrer hupte. Aus dem kleinen Laden kam gerade Mutter vor ihm heraus. Sie bemerkte ihn nicht. Ihr dünner Körper bog sich unter dem Gewicht der zwei geflochtenen Einkaufstaschen.

Er probierte die Uniform an, alles passte gut. Ihn erfasste eine bleierne Müdigkeit. Motorengeräusche konnte man hören, seine Schwester kam an.

- Was hast du erledigt? – fragte sie sofort.

- Wäre die Garderobe nicht besser gewesen? – fragte Mutter.

Als Yuri Gymnasiast war, arbeitete er in der Garderobe einer Tanzschule.

- Er könnte davon verhungern, was er dort verdienen würde.

Seine Schwester brachte Wein in einer Bügelflasche. Sie stießen an, Yuri trank mit langen Schlucken.

- Alle waren lieb zu mir – sagte er später.

- Das ist jetzt die Mode – zog seine Schwester die Schultern hoch.

- Pssst! – ermahnte sie ihre Mutter.

Der Wein stieg ihm in den Kopf: Eine solche Ungeduld erfasste ihn, dass er beinahe weinte. Seit Jahren war er in der Dunkelheit nicht auf der Straße. Obwohl er früher die schlafende Stadt sehr mochte, auf dem Heimweg von der Tanzschule, die leeren Straßenbahnen. Um Mitternacht gingen die Lampen kurz aus, da war Yuri meistens schon auf dem Berg. Später die Wege zur Arbeit in der Früh: die aus dem Fröhlichen Matrosen heraustorkelnden Zechbrüder, die erwachenden Amseln, die Busse auf Betriebsfahrt.

Er war der einzige Passagier, er ließ sich durch den Wagen hin und her schleudern. Die Tanzschule war im ersten Stock eines Mietshauses in der Innenstadt. Er erkannte das Treppenhaus nicht wieder, der Flur war eng und niedrig. Die Inhaberin öffnete die Tür, im Pelzmantel, auf ihren grauen Haaren saß ein brauner Hut.

- Wünschen Sie? – fragte sie.

Yuri lächelte linkisch.

- Wer sind Sie? – blinzelte die alte Frau, dann richtete sie sich plötzlich auf und sagte: - Ich habe dich sofort erkannt! Komm herein, bleib´ nicht in der Tür stehen!

Im Flur war nichts mehr an seinem alten Platz. An der Stelle der Garderobenische sah Yuri Tische und Stühle.

- Woher kommst du? – fragte ihn die Tanzlehrerin. – aber was sage ich – schüttelte sie ihren Lockenkopf -, klar, klar, ich weiß es schon. Aber erzähle doch, da hier schon Gerüchte kreisen, dass Amerika…? Aber Sicheres wusste niemand. Wann war das, wann war das doch…

- Vor drei Jahren – sagte Yuri.

- Seitdem hat sich hier alles verändert.

- Darf ich herumschauen? – fragte Yuri.

- Schau nur, schau. Und erzähle. Ich bleibe dabei in der Küche.

Der Tanzsaal war leer, dicke, bordeauxfarbene Vorhänge bedeckten die Fenster. Hier, in der Ecke stand das Klavier. Onkel Stefan, der Drummer saß dahinter, unter dem Fenster. Und hier, vorne stand Onkel Sepp mit dem Saxofon.

- Onkel Sepp ist gestorben – kam die Stimme von hinten, aus der Küche. – Er war Offizier, du weißt es auch, der Arme hatte noch im Krieg eine Verwundung.

Wenn Onkel Stefan sang, hielt er einen Schalltrichter vor seinen Mund. Samstagabends flossen die Stimmen aus diesem Schalltrichter in den Raum. Neben ihm schlug Tante Angela die Tasten des Klaviers hart – sie hat sich daran gewöhnt, dass man ihr die Schuld gab, wenn die Anfänger den Takt verfehlten.

- Stefans Herz benahm sich auch schlecht. Nur Angela hat sich nicht verändert.

Yuri hörte Geschirrklirren.

- Aber sie trank immer mehr.

Onkel Stefan mochte die gefühlsbetonten Lieder. In der Pause erzählte er von Kálmán Szabó, und Tränen stiegen in seine Augen, als er die Hits der alten Pianisten sang, wie er es zu sagen pflegte: die Welthits. Die schielenden Augen von Tante Angela wurden auch oft feucht. Ihre Stimme nahm schon das Nikotin weg, flüsternd, röchelnd sprach sie und die Rumflasche stand an jedem Abend unter dem Klavier.

Von diesen drei Personen erfuhr er, wie die Alte Welt ausgesehen haben musste. Vier Jahre arbeiteten sie zusammen. Yuri tanzte nach dem Garderobedienst jeden Abend mit den Mauerblümchen und er war der Rumlieferant für Tante Angela – unter seinem Mantel.

- Und ich wurde in die Rente geschickt – kam die Stimme aus der Küche.

Die Mädchen, die sich hier drehten und tanzten, fielen manchmal dem Garderobenjungen auf, aber solche Mädchen hatten immer Partner. Yuris Aufgabe war aber die Einsamen bei Laune zu halten.

- Kommst du an einem anderen Mal wieder? – fragte die alte Tanzlehrerin. – Du kommst nie wieder, nicht wahr? Ich weiß es.

- Mein Gott – brach sie an der Tür in Weinen aus. – Wie die Zeit verging. Ich erinnere mich an deinen Vater aus seiner Schülerzeit noch. Ich suche dir die Bilder aus, wenn du das willst.

Er ging den kleinen Ring entlang, beim Hotel Astoria trank er einen fünf Cent Rum. Zwischen den Stehtischen bettelte ein alter Mann mit einer Geige in der Hand. Yuri erkannte den Mann mit den farblosen Augen, der ihm am Mittag den Bissen im Munde missgönnte. Jener blieb vor ihm stehen und fing an, die Saiten zu zupfen.

6.

Aus der Richtung der Baross Straße kam eine lärmende Gruppe. Sie sprachen nicht: Sie schrien, wie die Rebellen in den alten russischen Filmen. Kein Polizist ist weit und breit zu finden: Es ist wahr, vieles hat sich verändert. Früher wurden selbst die leise vor sich singenden Besoffenen innerhalb von wenigen Augenblicken durch die behördlichen Organe eingesammelt.

Er kehrte in das Restaurant des Hotels National ein. Früher war er oft hier, diese Lokalität war in der ganzen Nacht geöffnet und sie lag immer auf dem Weg, egal wo er zu tun hatte. Jetzt saßen auch einige Uniformierte an der Wand des Raumes – sie hörten Tomi Bánk zu, den in Ungnade gefallenen Komponisten, der im Halbschlaf Schlager klimperte.

Von dem Text abgeneigt, betrachtete er die gut bekannte Szene. Den lebensmüden Komponisten, die müden Straßenmädchen, in der rauchigen Luft schwebende, viel zu viele Texte. Wüste bleibt nach dem großen Gewitter – flüsterte Tomi, und Yuri brach fast in lautes Lachen aus. Verbittert und mitleidig schaute er auf seine Gefährten, diese Nachtschwärmer mit gestutztem Rückgrat.

Die Drehtür schleuderte immer wieder neue Fahrscheinkontrolleure in den Saal. Sie erkannten ihn:

- Komm, - sagten sie freundlich, - was ist mit dir los? Setz dich näher!

- Was ist das für ein Lärm? – fragten die anderen, die Neuen.

- Studenten – antwortete jemand. – Sie lassen die Polen hochleben.

- Wohl bekomm's!

Darüber lachten alle.

- Diese Kinder sind zu hochmütig – sagte ein alter Busfahrer skeptisch.

- Und wir sind doch zu sehr niedergeschlagen.

Yuri hörte seinen Kollegen zu, seine Glieder fingen an, angenehm zu kribbeln.

- Diese sind nur irgendwelche Seelenzustände – winkte ein junger Kollege.

- Sie hoffen und werden niedergeschlagen. Mit Seelenzuständen kann man doch nichts anfangen.

- Man passt auf, drückt auf die Tube, hält sich fest am Steuer – sagte der der Alte wieder.

- Wann wurdest du entlassen?

- Gestern.

- Wie viel hast du gehabt?

Jemand bestellte ein Liter Wein, alle stießen mit Yuri an.

- Ich würde es nicht glauben, wenn ich deine blasse Farbe nicht sehen würde.

- Zwei Kontrolleurinnen setzten sich zu dem Tisch. Sie waren jung, so - im Halbschlaf - hatten sie eine gute Figur, vollbusig.

- Die Kleinere ist eine solche - sagte der Nachbar von Yuri. - Willst du sie? Ich sage ihr Bescheid, du kannst sie mitnehmen.

- Aber Frauen gab es doch!?

- Und wie! - sagte der Alte. - Und samstagabends die Tanzveran-staltungen.

Darüber lachten wieder alle.

Auf der Station von Yuri gab es insgesamt nur zwei Schwestern. Erzsike in der Bewegungstherapie und Eva in der Röntgenabtei-lung. Sie waren ruhige, ernste Mädchen, alle beide nannten die Gefangenen „Kinder".

Auf dem Weg nach draußen trafen sie eine Polizeistreife. Die Gar-derobendame weinte:

- Er wurde zum dritten Mal reingelassen. Er hat mich zwei Mal bekotzt, und darf jetzt zum dritten Mal hinein?

- Er ist wider ausgenüchtert, bitte – entschuldigte sich der Pförtner.

– und wenn jemand nüchtern ist, kann ich ja nichts machen.

Yuri ging die Rákóczi Allee entlang, lauwarme, ozonreiche Luft wehte aus der Richtung der Donau, auf dem Bürgersteig lagen früh heruntergefallene Blätter. Die Straßenbahn 49 erwischte er noch gerade. Am Zsigmond Móricz Platz schaute er sich noch eine Weile herum. Um eins kam die Straßenbahn einundsechzig und fuhr gleich in Richtung Moskau Platz. Er stand draußen, an der offenen Plattform, er sah das Gymnasium, das früher den Namen des heili-gen Emmerich trug, den schwarzen Schilfkranz, der den Spiegel des Bodenlosen Sees umrahmte. Später schlummerte er ein, aber in der Kurve wurde sein alter Instinkt wieder geweckt, er schreckte auf. An der Hegyalja Straße zog er seine Schuhe aus, und mit bedächtig gehobenen, schmerzenden Füßen legte er den restlichen Weg barfuß zurück.

7.

An der Universität sprachen alle durcheinander, die Mädchen und Jungs saßen bunt zusammengewürfelt auf den Tischen. Über die Stadt schien die gelbe, frühe Morgensonne. Yuri blieb an der Wand stehen, er fühlte sich furchtbar alt.

- Sie - sprach ihn ein Mädchen an - sind doch im ersten Semester.

- Ja - nickte Yuri. Er sammelte seine Kräfte und dachte nach: - in der Romanistik.

Das Mädchen lachte erleichtert auf.

- Und - fragte jemand - wie ist die Stimmung in den Bussen?

- Die Stimmung?

- Werden Sie an unserer Seite stehen, wenn wir aufmarschieren?

- Ich bin erst seit zwei Tagen wieder da - zog Yuri seine Schultern hoch.

- Woher? - fragte das Mädchen.

Ein Kommilitone aus dem Abschlusssemester trat in den Raum, las die Namensliste vor. Es gab sieben Romanisten.

Stumm saßen sie um den Tisch herum, Yuri beruhigte sich. Nach kurzer Zeit betrat ein schnauzbärtiger Lehrer den Raum, er sprach

Französisch mit herzlicher Langsamkeit und mit transdanubischem Akzent - Ich heiße Víg - sagte der armenische Lockenkopf. Später wurde mitgeteilt, dass die Studenten in einer Versammlung die polnischen Ereignisse besprechen werden.

- Ist es Pflicht? - fragte Yuri.

Niemand antwortete ihm. Alle blieben sitzen.

Nach dem schnauzbärtigen Transdanubier kam der junge Dozent an die Reihe.

- Wie viele Jahre hast du verloren?

- Drei.

- Wo hast du Französisch gelernt?

- Lernen darf man.

- Weiß du was? - fragte Víg. - Wir sprechen Französisch. Nur Französisch. Und bestrafen wir die ungarischen Worte.

- Gut - sagte Yuri.

- Pourquoi as-tu été emrisonné?

- Je ne sais pas. Je me le demande.

- Er wollte das sagen: Ich fragte sie nicht, und gerade das Gegenteil sagte er. Sie blieben still.

- Gehen Sie nicht zu der Versammlung? - fragte der Dozent. - Bleiben Sie hier? - Er antwortete nicht.

- Aber ich werde jetzt auf keinem Fall Unterricht halten - erklärte der junge Mann. Wenn Sie wollen, gehen wir in das Nationalmuseum, und schauen wir die Arany-Manuskripte an.

Einander immer wieder überholend gingen sie die schmalen Straßen der Innenstadt entlang. Sie sprachen während des gesamten Unterrichts nicht mehr miteinander.

In dem Museum sahen sie Gänsefeder, Pfeife und Brille des Dichters János Arany sowie die mit winzigen, perlengleichen Buchstaben vollgeschriebene Manuskriptblätter.

- Er hatte eine wunderschöne Handschrift – stöhnte ein Mädchen, und jemand fügte hinzu:

- Viel hat er nicht korrigiert.

Yuri schaute die Statuen an. Es waren Hüttenarbeiter, marschierende Frauen. Ihr funktionaler Aufbau schloss von vornherein jeden Gedanken aus. Sie kamen zu der Universität zurück. Die Töne der Mittagsglocken waren zu vernehmen, die Oktobersonne strahlte warm.

Er kam zu Hause an, für einen Moment blieb er am Tor stehen. Zu früheren Zeiten hatte er eine Katze – ein buntes, zahmes Tier, mit einem kleinen gelben Fleck unter seinem Mund -, die wartete auf ihn jeden Tag auf dem Briefkasten, und sprang ihm in den Hals, während er mit den Schlüsseln fummelte. Es war ein nützliches Tier, Wurst und Salami hat es ihm während des Krieges geklaut.

Sie legte die Ware so vorsichtig auf den Küchentisch, dass man die Spuren der scharfen Zähne nicht bemerken konnte.

Er wärmte das Mittagessen auf, stand am Fenster und betrachtete die Gartenmöbel unter der schütteren Krone des verzweigten Mandelbaumes.

Sie deckten den Tisch draußen, Mutter trug ein leichtes Sommerkleid und stellte den Topf in die Mitte des Tisches.

- Nudeln mit Kartoffeln - rümpfte sein Bruder die Nase.

- Grenadiermarsch! - so heißt es, fuhr ihn Mutter an.

Yuri brachte das Lexikon heraus,und vertiefte sich darin.

- Hier steht es nicht drin. Weder im Pallaslexikon noch im Révai-Lexikon.

- Hier ist es, im Topf! - Mutter ist rot, wie die Paprika, wenn sie sich ärgert.

- Nudeln mit Kartoffeln - wiederholte sich sein Bruder stur.

- In unserer Familie hieß es Grenadiermarsch, und es bleibt weiterhin Grenadiermarsch. So hatte ich es von meiner Urgroßmutter gehört, und den Eltern von Tante Wilma. Sie kamen aus Jenikau, der Geburtsort von Onkel Hermann war Hostaczov.

- Von dem alten Erbe ist so viel geblieben. Die Ausdrücke.

- Ja, so viel – seufzte Mutter auf. - Unsere Vorfahren waren aber alle ehrwürdige Handwerker, keine Grundbesitzer.

Im Dampf des Grenadiermarsches sah Yuri diesen strahlenden Sommertag vor sich. Seine Mutter, die sich mit der Zähheit ihrer Handwerksmeistervorfahren herumzankte, aber im Krieg und Hungersnot, jeden Tag einen vollen Topf auf den Tisch stellte. Die Ahnen aus Jenikau, die nur in einem oder anderen Ausdruck weiterlebten, und mit solchen fernen Zeichen mit ihnen, undankbaren Pubertierenden, die Verbindung hielten. Er aß, dann warf er seine Tasche über die Schulter und brach in die lauwarme Sonne auf. Aus der Richtung der Stadt konnte man zwei schnell aufeinander folgende Explosionen vernehmen. - Der Innenminister hat den Aufmarsch genehmigt - sagte man an der Endhaltestelle der Busse. Es gab wenige Fahrgäste, Yuri sagte die Haltestellen an, klingelte, ging im Wagen auf und ab. Lange wartete er schon auf diesen Tag. In der zweiten Runde hing er die Vokabelliste neben der Klingel hin; seitdem nahm er zwei-drei neue Vokabeln bei jeder Runde auf. Bis zum Schichtende kannte er alle neuen Vokabeln.

Nach halb drei stieg der schnauzbärtige Lehrer ein. Er schaute die Vokabelliste an, très bien, très bien, sagte er langsam, mit transdanubischem Akzent. Später lotste der Schichtleiter ihn beiseite: Es wird jetzt keine Fahrt mehr geben, sagte er. Der öffentliche Verkehr blieb stecken. Die Innenstadt verstummte und von Buda kam kein Wagen mehr. Daher wussten sie, dass die Ordnung noch nicht wiederhergestellt wurde, die Massen versperren weiterhin die Straßen.

8.

Er stand auf der stummen Straße. Nein, dieser Tag ging noch nicht zu Ende. Obwohl nichts geschah, unterbrachen komische, fremde Geräusche diese ungewohnte Stille, immer öfter. In der Nähe der Oper strömte betäubender Gestank Yuri entgegen, Bier, Sägespäne, kalter Griebenkuchen, im abgestandenen Wasser eingeweichte Weingläser.

Langsam schluckte er den säuerlich nach Fass schmeckenden Tresterwein hinunter. Er schaute in die schimmerig glimmende Birne und die auf dem Fliegenpapier festgeklebten Insekten an. Zwei Polizisten blieben vor ihm stehen.

- Haben Sie mich gesucht? – fragte ein dicker Mann aus dem Hintergrund. - Oder wusstet ihr nicht - er hob seinen kurzen, fleischigen Zeigefinger -, dass mein Platz im Haus meines Vaters ist?

Die zwei Polizisten drehten sich um, und verließen zügig das Lokal. Ein anderer wandte sich zu Yuri: Sie würdigen nicht einmal die klassische Bildung – sagte er. Die Straße wurde plötzlich ganz voll: Still und laufend bemühten sich die Menschen in Richtung des Heldenplatzes.

- Warum beeilst du dich nicht?

Yuri zog seine Schulter hoch, der Dicke bestellte noch zwei Schorlen.

- 1950 habe ich vor der Tribüne meine Hose auch nach unten geschoben - sagte er. - Wir waren Spieler in der Mannschaft Ferencváros und zeigten Henker einen Spiegel.

- Welchen Posten haben Sie gespielt? - fragte Yuri. Er freute sich, mit jemandem sprechen zu können.

- Damals? Da war ich nicht mehr aktiv.

Der Wirt schob zwei neue Schorlen auf das Pult.

- 1912 wurde ich geboren, hörst du? Wenn ich es nur wollte, könnte ich es nicht vergessen. Schon damals war ich so schön dick. In den sogenannten Friedenszeiten wählten die Gemischtwarenhändler aus der Franzstadt jedes Jahr ein „Nestlé-Baby".

- Jawohl, junger Mann - er richtete sich auf - ich bin ein Nestlé-Baby, der Bonbenbeck. Auf dem Platz der Mannschaft Elektromos schoss ich einen solchen Ball, dass der Applaus minutenlang schallte, bis der Ball wieder auf dem Boden aufschlug.

- Was habe ich gesagt? - dachte er nach. Er hielt das trübe unzerbrechliche Glas in seiner gut gepolsterten Hand. - Ja, ja. 1950 standen wir im Sektor B-Mitte, unter der grün-weißen Fahne, Krampus, der Friseur und Ártány, der Eisenbahner, ihn nannte man seit seinen Centerhalf?-Zeiten so altertümlich.

- Und der Henker hat es beschlossen, unseren Verein aus der Welt zu radieren.

Vor dem Ausschank beeilten sich die Leute still und mit schnellen Schritten in Richtung Heldenplatz.

- Zwei Spieler wurden zum Polizisten einberufen, drei in die Armee. Alle fünf waren aus der goldbeinigen Nationalmannschaft. Den Namen des Vereins hat man auch weggenommen, das Vereinslied wurde verboten, sowohl der Text als auch die Melodie. Und wie es in solchen Lagen üblich ist – der Bombenbeck bekam Schluckauf -, kamen die Verletzungen, Streitereien: Das Glück hat die grün-weißen Farben verlassen. Aber etwas konnten sie nie wegnehmen - der Dicke winkte, der Wirt goss in die leeren Gläser nach. - Dies hier! - sagte er, und zeigte auf seinen Bauch. - Die Herzen der Ferencváros-Fans. Zwanzigtausend Menschen standen da in der B-Mitte. Man musste sie gewähren lassen. Es gab keine andere Mannschaft: Diese wird aber auch vergessen, wenn sie absteigt.

Yuri hörte dem Dicken zu und schaute der auf der Straße rennenden Menge zu.

- Ich will es noch mal aufzählen - murmelte der Beck. Er schrie nicht mehr, aber er hielt sich noch ganz gut und wurde etwas leiser. - Beim ersten Spiel war Pamuki der Torhüter, ein ganz junger Mann, aus ihm wurde später nichts. Gegen den Györ spielten sie mit schnell übernommenen Spielern aus der untersten Liga, Jugendspieler und die Alten. Dann traf der kleine Guba ins Tor, Palásti bestätigte es und wir gewannen die erste Runde.

- Der Henker hat die Schiedsrichterlizenz von Palásti sofort lebenslänglich entzogen - fuhr er fort. – Er hätte vor Ärger seine Haare raufen können, aber er hatte keine Haare. In Kispest wurde das Stadion mit Polizisten umstellt, Spitzel im Zivil hoben die Leute aus der Gruppe heraus.

- Gegen den Beszkárt - sagte der Dicke - glaubte ich nicht mehr, dass ich das überlebe, so wurde mein Herz zugeschnürt. Die Jungs liefen auf den Rasen, und am Ende der Reihe hinkte Onkel Gyula Csikós ganz im Schwarz. Wissen Sie, wer Gyula Csikós ist?

Yuri wusste es.

- Der Torhüter des Jahrhunderts - stöhnte in sein leeres Glas der Beck. - Mit gesenktem Kopf lief er durch den Platz, sein Kopf wurde kahler und von seiner Größe hat er auch schon viel eingebüßt. Dan wehrte er einen Elfmeter ab, erneut zwei Punkte mehr, auf der Tribüne umarmte sie die Masse.

- Ja, junger Mann, die waren die großen Zeiten. Paul, der nicht einmal schießen konnte, hielt die Gegner am Rumpf fest.

- Aber ohne Kopfspieler - sagte er und hob den nach Fass schmeckenden Fusel hoch -, ohne Kopf ist jede Mühe umsonst. Und der war Mihály Kispéter - plötzlich wurde es in der Schenke still -, merken Sie sich diesen Namen gut.

- Der Henker ließ ihn zu sich bestellen. Er schmeichelte in und drohte ihm. Umsonst. Kispéter blieb den Farben von Ferencváros treu. Der größte mittlerer Abwehrspieler aller Zeiten war er, mein Herr, aber nachher wurde die Nationalmannschaft so aufgestellt, als ob es ihn nie gegeben hätte.

- Damals, in fünfzig gewann er die Spiele allein. Er hatte einen großen, schweren Körper so dröhnte er dem Spielplatz entlang, er griff an, stürmte, wehrte ab. Als der Henker das gesehen hatte, hat er einen Killer engagiert.

Der Dicke brach in Weinen aus.

- Ich war auch dabei - sagte der Wirt. - Der Regen strömte, vier zu eins gewannen die Jungs von Ferencváros.

- Und dann lief schon alles rund. Der kleine Csoknyai löffelte das Leder zwei Mal ins Netz von Újpest, Kéri hielt den Ball mit seinem Kopf in Csepel.

- Die Mannschaft ist nicht abgestiegen. Der Henker musste Selbstkritik üben. Er wusste, dass er verloren hat.

- Jene waren die großen Zeiten - nickte der Wirt. - Und dann konnte nichts mehr kommen.

- Nichts? - fragte das Baby, der Beck. Er schob die Sodaflasche von sich weg.

- Baby wurde von der Fahne abgeholt - sagte der Wirt. Er kam von der Theke hervor, vorsichtig setzte er neben das mit offenem Mund schlafende Nestlé-Baby hin.

Yuri sah an diesem Tag zum ersten Mal die Statue des Henkers: Sie ähnelte einem riesigen gestiefelten Kater. Er kam noch rechtzeitig: Der Vater und Lehrmeister der Völker verneigte sich plötzlich, als ob er für das Jubeln danken wollte, dann an den Knien gebrochen fiel er langsam, würdevoll auf seine Nase. Langes Geschrei erhob sich von dem Platz, die Bewohner der Umgebung holten schnell Äxte, Vorschlaghämmer, der hole Klang der Bronze übertönte dann schnell alle andere Geräusche.

Yuri war schon in der Innenstadt unterwegs, als in seiner Nähe ein Schuss fiel. Ein einsamer Gewehrschuss, dann mehrere peitschende Salven. In einem Fenster lief das Radio: Die Soldaten erhielten Befehl, Warnschüsse abzugeben - sagte eine dünne Männerstimme.

9.

In der Busgarage schlenderten nur einige Fahrscheinkontrolleure herum, Yuri ging zu einer Kasse und rechnete ab. Als er sich umdrehte, bemerkte er die Frau, die in der Kleiderkammer die Mäntel anprobierte.

- Guten Abend – sagte er.

Die Frau erhob ihren Kopf, aus ihrem Haarknoten löste sich eine bronzenrote Locke, sie wusch über ihre Stirn und lächelte auf.

- Der Zweisterner – sagte sie.

Ihre Haut war ölig braun, ihre Hand nervös, sehnig.

- Ich habe Minus in der Kasse – bemerkte sie.

- Sie haben „Panade" gespielt – stellte er fest, während er die Geldsäulen zählte. – und sie sammeln die Restli´s – fügte er verärgert hinzu.

- Sie haben kein Minus – schoss Yuri die Abrechnung ab. – Sie haben zehn Forint zu viel.

- Und was bedeutet das?

- Das bedeutet so viel, dass sie „Maxi" machten.

Die Frau stand auf, streckte sich und stoß ein kurzes, klagendes Stöhnen aus sich.

- Wie könnte ich überhaupt zählen, ich kenne nicht einmal diese Zauberworte!

- Trinken wir einen Kaffee?

- Warten Sie – winkte sie und rannte raus.

- Was war das? – fragte Yuri, als sie zurückkam.

- Ferenc Nagy wartet gewöhnlich hier auf mich, unter dem Fenster. Wissen Sie - sagte sie, während sie plötzlich müde, gealtert den Kaffee umrührte -, ich dachte, hier wird es interessanter, freier.

Warum habe ich es so schnell hassen gelernt? Nein, nicht wegen der Uniform. Wie heißen Sie?

Yuri verriet es ihr.

- Was heißt „Panade" spielen? – fragte sie später.

- Sie arbeiteten langsam und fertigten einige Passagiere vor den anderen ab.

- Da ich das Klingeln immer vergesse. Mein Wagen ist immer voll, während die Anderen leer sind.

Yuri legte seine Hand auf ihre. Ihre Haut war trocken, das Geld färbte auf ihre Finger ab, von ihren Fingernägeln bröckelte der lila Lack ab.

- Sie haben noch andere Dinge gesagt.

- Restli ist der Rest. Sie beenden die Blocks nicht, Bali. Einige Fahrscheine bleiben in den Blocks übrig.

- Das mache ich nicht deshalb, weil ich sie sammeln würde – schmunzelte sie – sondern ich fange immer einen neuen Block an, wenn mich der alte schon langweilt. Und warum nahm ich zu viel Geld ein?

Yuri zog seine Schulter hoch.

- Ich weiß es - flüsterte Bali. - Ich hebe die weggeworfenen, gebrauchten Fahrscheine auf, ich staube sie dann ab und verkaufe sie wieder. Wie haben Sie das gesagt? Ich habe Maxi gemacht.

- So nennt man das – nickte Yuri.

- Dann sagt man das richtig – betonte Bali –, da ich immer mehr will.

Sie standen auf.

- Gehen Sie nach Hause? – fragte ihn Bali. – Ich glaube, ich bleibe hier.

Später trat der Parteisekretär in den Raum ein.

- Kollegen – sagte er zaudernd –, ich würde mich hinlegen, wenn ich nicht störe.

- Uns stören Sie nicht – sagte Yuri.

Der Sekretär legte seine Jacke auf ein leeres Bett, grinste jammernd und sagte: Ich wohne ziemlich weit.

- Geben Sie mir ihre Essschale –sagte Bali.

Sie aßen still.

- Sie – brach Bazsóka die Stille -, wurden Sie auch lange gequält worden, Georg?

- Das ist schon lange vorbei – winkte Yuri ab.

- Und … was haben Sie drei Jahre lang gemacht? Also – stotterte er – wie vergingen die Tage?

- Zu dieser Zeit, abends haben wir gesungen. Den Kommandanten besuchte jeden Abend seine Geliebte, und solange sie sich geliebt hatten, mussten wir um die Kaserne herummarschieren und sin-gen. Das Lieblingslied des Kommandanten. Immer dasselbe.
Bali machte das Licht aus.

- Singen Sie es uns vor – kicherte sie.

- Sie haben davon bestimmt genug – konterte der Parteisekretär in der Dunkelheit.

Yuri stütze seinen Ellenbogen auf und begann das Lied zu singen:

In unserer Nachbarschaft steht eine Mühle,

Dort wird der Kummer gemahlen, tschuhajja…

Ich habe auch einen Kummer – brummte Bazsóka -

Ich bringe ihn hin und zermahle ihn, tschuhajja…

Im Herbst verwelkte die Teerose – Yuris Stimme überschlug sich. Die Freunde, das Lager. Die vielen Verrückten, mit den rasierten Köpfen. Es war eigentlich ein schönes Lied.

- In meinem Dorf wurde dieses Lied anders gesungen – sagte der Parteisekretär. – *„In unserer Nachbarschaft wohnt ein Weib* – sang er heiser -,

Es hat eine Tochter mit zerzausten Haaren."

Die Frau drückte Yuris Hand an ihren Busen. Yuri roch Schweißgeruch, dicken Bittermandelduft.

- *„Der Wind zerzaust ihre Haare, und ich sehne mich nach ihr fürchterlich."*

Sie riss ihm die Jacke runter, Bali kuschelte sich unter die Decke und lachte leise.

- „Ich war auch schon ihr Geliebter, - sang Bazsóka. *Ich lief ihr sechs Monate lang nach. Der Hagel soll sie erschlagen, und der Regen ihre Haare glätten.*"

Yuri drückte seine Hand auf den Mund von Bali. Das Lied ging zu Ende.

- Können Sie auch etwas anderes singen? – fragte die Frau mit gedämpfter Stimme.

- Ich bin schon länger von meinem Dorf weg – stöhnte der Mann. – Ich habe die Lieder vergessen.

Der Parteisekretär wälzte sich noch lange hin und her, bevor er einschlief. Sie lagen stumm nebeneinander. Sie hörten dem Motorenbrummen, den Schritten auf dem Asphalt, den monotonen Geräuschen der Großstadt zu.

10.

Mit geschlossenen Augen ging er nach Hause. Die Jahre hatten ihn umsonst hin und her gerüttelt, er kannte immer noch jeden Quadratzentimeter hier. In der Garage brannte das Licht: Mutter machte Feuer, sein Bruder saß am Tisch und aß. Er reifte heran, aber sein Gesicht blieb rund und rosafarben. Er aß Speck und schnitt das Brot mit einem Taschenmesser. Er duftete säuerlich, provinziell, wie die Pendler, die ihre Kleider selten wechseln und ihre Hemden selber waschen.

- Alex ist da – flüsterte Mutter mit dünner Stimme.

- Du hast dich verspätet – sagte Yuri.

- Er kam zu Fuß.

- Hast du keinen Lastwagen finden können?

- Jetzt fahren eher nur Panzerwagen auf den Straßen.

Yuri lachte.

- Die Russen fahren nach Hause.

- Nach Hause? – fragte sein Bruder.

Das Radio fing an, wieder Programme zu senden. Der jahrhundertealte Traum wurde heute verwirklicht – sagte man.

Mutter wandte sich zu Alex:

- Hast du wirklich Panzer gesehen?

Seine Schwester wurde auch wach.

- Schön warm ist es hier – sagte sie.

- Wir heizten in der ganzen Nacht.

- Was habt ihr so lange bereden können?

- Mein Gott – sagte Mutter -, lange waren wir nicht mehr so zusammen.

- Lange ist es her – sagte Alex.

Sie schauten sich gegenseitig an.

- Kommst du runter? – fragte Yuri später. – Ich habe heute einen freien Tag.

Über Lágymányos ging jetzt die Sonne auf.

- Und du? Lernst du? – fragte ihn sein Bruder auf der Villányi Straße.

Yuri zog seine Schultern hoch.

- Die Universität ist mir nur ein Spaß.

Alex blieb stehen, steckte eine Zigarette an.

- Du, Yuri, für uns kam es ein bisschen zu spät.

Sie gingen durch das Tor der Bewegungstherapie.

- Geht es Ihnen besser? – fragte Yuri.

- Nein, schlechter.

Vaters Kopf hing leicht schief, von unten beobachtete er den Verkehr. Seitdem die Krankheit seine Augen auch befiel, suchte er so den besten Winkel zum Sehen, aber wie ruhige Wachhunde wartete er erst ab, bis der Besucher ihn ansprach, nur danach wusste er, wer das sein könnte.

- Yuri! Bist du das?

- Mit Alex. – sagte Yuri. – Wie geht es Ihnen, Vater?

- Unverändert – antwortete der Kranke.

Er zog seine Schultern hoch, eine nach der anderen, und erhob seinen Kopf. Seinen ausgestreckten rechten Arm spannte er gegen die

Tischkante, sein an dem Ellenbogen eingeknickter linker Arm ruhte auf einem Buch.

- Ich lese den Grafen von Monte Christo - sagte er. - Alex! - stöhnte er vor Schmerzen. - Komm, lege deine Hand auf meine!

In den ersten Jahren seiner Krankheit hörte Vater ihnen gerne zu. Mit fortschreitender Zeit aber konnte er ihren Geschichten immer schwerer folgen; alles war ihm ungewohnt, erschreckend, fremd geworden. Da haben sie seine Geschichten angehört. Mit der Zeit ermüdete ihn auch das, er wollte sie dann nur fühlen, mit seinen immer mehr absterbenden Nervenendungen.

Yuri - sagte er -, komm, leg deine Hand auf meine. Mit meiner Zunge blättere ich das Buch - sagte Vater -, manchmal kommt ein netter Besucher, der mir das Buch umblättert. Aber jetzt blättere ich immer seltener. Auf einer offenen Seite findet man so viele Sachen.

An Vaters Arm hing eine viereckige Armbanduhr - auf ihrem Zifferblatt waren schwarze, dicke Ziffern. An dieser Uhr (Vater legte sie gewöhnlich auf den Porzellanrand des Waschbeckens) erinnerte er sich. Auf Vaters Nase saß die alte dünne Nickelbrille.

- Erzählt! Gibt es eine Revolution?

Er verfolgte die Geschehnisse schwer, immer wieder kehrte er zu seinen Erinnerungen zurück.

- Wisst ihr - sagte er - als ich im Krieg als Arztschreiber arbeitete, saß ein Pfeilkreuzler neben mir. - Vater dachte nach: Das Märchen hat nur dann einen Sinn, wenn es einen Anfang, Mitte, Höhepunkt und Pointe hat. Vater schmiedete aus den Geschehnissen Anekdoten. – Ich weiß nicht mehr, wie er hieß. Früher war er Losverkäufer am Bankhaus Török, aber jetzt saß er neben mir, er überprüfte die Kureinweisungen. „Török, sein Glück ist ewig" wiederholte dieser Nazi immer wieder. Unten, im Café an der Ecke saß ein schwindsüchtiger Mann. Die Juden schickte ich immer dorthin, um seine Speichelprobe abzuholen und abzugeben. Der Pfeilkreuzler hat die Einweisungen unterschrieben, nachdem er die positiven Befunde gesehen hatte. Viele wurden so gerettet – sagte Vater. – Werden Menschen auch jetzt verfolgt?

Wir blieben stumm.

- Dann hat man eine verletzte Frau gebracht – Vater nahm einen neuen Faden auf -, sie war die Frau von Jenö Vida, des Präsidenten der Handelsbank.

Manchmal fielen ihm solche kleinen Details auch ein, aber ohne Grund.

- Ein Pfeilkreuzler hat ihr ins Gesicht geschossen, sie hat stark geblutet. Sie war schon alt und während ich sie verbunden habe, wiederholte sie ununterbrochen: Er war so jung, er hat auf mich geschossen.

- Erzähl, Alex! – stöhnte Vater vor Schmerzen. – Weißt du, vor Paar Tagen ist die Zeit stehen geblieben. Vielleicht die Explosionen. Ja, wir lebten hier, auf dem Berg. Wenn man das Fenster aufmacht, atme ich tief durch und schaue auf mein Leben.

Vater ließ in den Kriegsjahren einen Schnurrbart wachsen und spielte Akkordeon. Yuri studierte auch einen feurigen Tango ein. *Die Seele des Musikers besteht aus Liedern* – die dünne Stimme des kleinen Jungen schwang hoch über dem Brummen von Vater -, *das Herz der ganzen Welt pocht in ihr* –. Vater zog und schob das Akkordeon, sie saßen unter einem Mandelbaum -, *der Mantel des Musikanten ist ein Smoking und er hat keine echten Freunde.*

Nach kurzer Zeit ließ Mutter die Rollläden mit großem Getöse herunter, Vater lachte, zum zweiten Mal sangen sie: *der Freund des Musikers ist der Smoking und er hat keinen echten Mantel* – so wurde der Text noch bedeutungsvoller. *Mädchen, Jungs* – sang Vater -, *liebten den Musikanten sehr...* Sie saßen bewegungslos, betrachteten den in den Stromkreis ihrer Hände klammernden, in seinen Gedanken versunkenen Kranken.

Als sie durch die Tür des Krankenhauses schritten, läutete man zu Mittag. Der junge Krankenpfleger trat zu ihnen, er trug eine weiße Mütze, die er jetzt herunternahm und sagte:

- Es ist nicht unser Fehler, bitte. Wir versuchten es mit einem Rollstuhl, aber die Gänge waren zu schmal, es ging nicht.

- Worüber reden Sie? – fragte Alex.

- Also Sie wissen es nicht? – wurde der Pfleger bleich. – Hat es Ihnen der Herr Doktor nicht gesagt?

Als Reaktion auf die Demonstration wurden die Patienten in den Keller evakuiert. Vater haben die Pfleger fallen gelassen, an seinen beiden Beinen erlitt er offene Brüche.

- Das wird nie wieder heilen – stotterte Alex und Yuri fühlte, wie seine Knie zitterten.

- Er sagte kein Wort.

- Mir sagte er nur so viel – der junge Pfleger brach in Weinen aus -, mach´ dir nichts daraus, Hans. Es spielt keine Rolle, wenn du einem Blinden die Augen ausstichst. - Der Pfleger putzte seine Nase und sagte: Ich heiße Hans Blum.

11.

Er fuhr auf der Linie 8, leer stotterte der Bus in die Richtung der Endhaltestelle. Yuri schloss seine Augen in dem brüllenden, zitternden Wagen. Hinter dem Knistern der Fenster war eine kristallklare, klagende Trompetenstimme zu vernehmen. Er erkannte die Melodie *warte nicht, das Zaudern ist überflüssig, die Zeit vergeht* – in der Hand von Onkel Sepp zittert der Sordino, auf seine Schläfe schwollen die Adern – vor dem Hotel Gellért biegt der Bus rechts ab, die Brücke rattert unter den Rädern, *warte nicht, es ist so schlecht allein.* Die Zeit vergeht, ich irre untätig herum, im Spiegel des Wassers das Licht, draußen scheint die Sonne, das Trompetensolo, immer ferner, leises Weinen, irgendwo in der Tiefe, hinter dem Motorgeräusch und dem Knistern des Fensters.

An der Endhaltestelle wartete schon die Masse. Yuri kämpfte sich durch die Menge, bleibt stehen, der Bürgersteig ist breit, schattig, auf der Sonnenseite erscheint eine zarte, uniformierte Silhouette. Bali läuft, sie klebt von der Stirn bis an die Ferse an einem Mann. Die Leute betrachten sie, Yuri sieht nichts, in seinem Inneren hört das Zittern auf, er vernimmt Bittermandelduft, in der Tiefe seiner geschlossenen Augen ertönt eine leise, schmerzliche Trompetenstimme.

Er steigt vorne in den Wegen ein, die feuchten Lappen der Umsteiger reißt er nur ein, er kontrolliert die Monatskarten, reißt und verstreut die billigen Linienkarten. Bitte, danke, wiederholt er im Takt. Ohne abzuzählen gibt er das Kleingeld zurück, nach Gewicht verteilt er die neuen leichten Aluminiumjetons. Als sie die Brücke erreichen, steht er schon an der Einstiegsrampe, unter dem Klingelknopf. Bali sitzt dort in der Ecke, reißt sein Bein zwischen ihre, ihre Lippen sind feucht, in ihren Haaren leuchtet die Sonne.

Ab der Tiger Straße halten sie an jeder Ecke an. Am Haupteingang des Friedhofs entleert sich der Bus, die Masse ergießt sich in der Allee. Blumenduft hinterlässt die Menge im Wagen.

- Wann hast du Dienstschluss? - Fragte Vali, - oh mein Gott, nur am Abend! - Stöhnte sie. Ihr Gesicht ist feurig, sie streichelt sein Bein, sie hält sein Knie zwischen ihren weichen Schenkeln.

Sie konnten nirgends hingehen: Sie irrten besoffen am Hang des Gellértbergs. In einer Nische drückte Bali ihren Rücken gegen den Felsen, unten, auf der Brücke leuchteten die Gaslampen. Blaue Neonlichtstreifen schnitten die große Wassermasse durch. Wie zwischen den Speichen eines sich drehenden Riesenrads die schwarze Kugel schnell sinkt und sich hebt. Die Knöchel der Frau pressen wie ein eisernes Rad die Hüfte des Mannes, ihre weit aufgerissenen Augen spiegeln den Sternenhimmel scharf.

Sie sitzen über der Stadt, schauen auf das stumme Wasser.

- Wirst du mich verlassen? – fragt Bali. – Wie schön wäre es, das Leben neu anzufangen!

- Ich war immer einsam – sagt Yuri. – Nur das wüsste ich gerne, warum. Ich mochte die Leute immer. Doch konnte ich unter ihnen nie auftauen. Ich gaukelte immer etwas vor, ich habe immer Rollen gespielt. Aber näher ließ ich doch niemanden. Wenn jemand mich liebte, legte ich die Maske ab. Ich wurde dann stumm und langweilig, wie in meiner Jugendzeit weinte ich abends: Das war bei mir die Liebe.

- Im Gymnasium – sagte Yuri – liebte ich ein Mädchen. Sie wohnte in der Leo Frankel Straße. Sie hieß Agota und ihr Geburtstag war am fünften Februar, siehst du, selbst daran kann ich mich erinnern. Diese Straße entsprang der Mártírok Straße, hinter dem Budaer Pfeiler der Margarethenbrücke. Jeden Nachmittag bin ich zu ihr aufgebrochen, und wenn ich sie getroffen habe, habe ich dann immer in der dunklen Ecke gesessen. Agota hat immer Monologe erzählen müssen. Es gab ein Spiel, ich weiß nicht, warum ich es dir jetzt erzähle. Am Budaer Brückenkopf bin ich aus der Straßenbahn 6 nicht ausgestiegen, sondern sagte mir: beim nächsten Mal. Ich fuhr den Großen Ring entlang, dann über die Petöfi-Brücke. Durch Buda dann mit der Linie 61. Anderthalb Stunden später war ich wieder an der Leo Frankel Straße. Steige ich aus? Bleibe ich? Eigentlich war ich glücklich in der Straßenbahn, ich mochte den Ring in der Abenddämmerung.

- Meinen Lebtag lang war ich einsam –sagte Yuri. – Aber das kann auch sein, dass mir die Träumereien mehr Wert sind als die Wirklichkeit. Vielleicht liebte ich die Stadt, und die Menschen liebte ich nicht.

Er verstummte. In solchen Situationen äußern die Menschen gewöhnlich Dummheiten. Yuri bereute es schon, dass er diesen pubertären Fall erzählte.

- Woran denkst du? – fragte er.

Sie überquerten den Fluss über die Brücke, sie blieben stehen, hörten der summenden Eisenkonstruktion zu.

- Hier kannst du nie einsam sein. – sagte die Frau. – Sieh dir diese Menschen mit den schweren Schritten an. Alle fühlen sich so, wie du dich jetzt, oder in der Linie 6 heute oder damals in der Abenddämmerung. Magst du es, wenn jemand eine Melodie pfeift oder die Bauarbeiter auf dem Gerüst ein Lied singen? Ich wundere mich in solchen Fällen immer: Woher wissen sie, dass ich in mir dieselbe Melodie singe?

Später nieselte der Nebel, die Feuchtigkeit brach das Licht, auf dem Rákóczi Platz sangen sie. Bali lächelte.

– Es ist kalt – sagte sie. Und all das ließ ihn an Heiligabende von früher erinnern.

12

Am Morgen verließen die Busse die Garagen nicht mehr.

Yuri ging zu Fuß in die Stadt, unterwegs traf er eine Kommilitonin. Vor dem Astoria verstellten russische Panzer den Weg. Neugierige umstellten die Panzer, die Soldaten öffneten die Einstiegsluken und kniffen ihre Augen zusammen, als die frühe Morgensonne sie anstrahlte.

- Was sucht ihr hier, warum geht ihr nicht nach Hause? – rief eine kleine alte Frau. – Wer hat euch hierher gerufen?

Der Soldat antwortete etwas, Yuri verstand nur so viel, dass er die alte Frau mit Babuschka anredete.

- Mein Gott – sagte die Frau. – Wer hätte es gedacht, dass sie so jung sind.

- Nach Hause, nach Hause! – zeigten sie, und ein Bediensteter der Verkehrsbetriebe bemerkte: Sie würden liebend gern nach Hause fahren!

Jemand bot Zigaretten an, die Soldaten steckten die Zigaretten an, die Masse um die Panzer wurde immer größer, dichter. Im Turm erschien jetzt ein Offizier.

- Geht dorthin, woher ihr gekommen seid. Geht in Frieden, wir werden euch nicht angreifen.

Darüber lachten alle. Der Offizier fragte etwas, er wiederholte die Frage ein paarmal und wartete auf die Antwort.

- Er fragt – flüsterte die Kommilitonin in Yuris Ohr -, was die Menschen hier riefen.

- Ich würde ihm das gerne sagen – drehte sich eine Frau um.

Das Gesicht des Mädchens lief rot an.

- Ich wage es nicht.

- Lauter! – forderte man uns auf. – Sie soll übersetzten, wenn sie mit ihm reden kann.

Yuris Kommilitonin haben die starken Männer auf den Panzer gehoben.

- Lauter!

- Er fragt, was die Menschen hier verlangen würden.

Plötzlich entstand eine Unruhe, dass man Minuten brauchte, um sich zu verständigen.

- Sagen Sie Ihm, Mädchen, dass sie auf uns nicht schießen sollen. Hier gibt es keine Faschisten, sehen sie es nicht? Nur ehrliche Arbeiter.

- Uns wurde gesagt, dass hier eine Konterrevolution ausgebrochen ist – rief der Offizier.

Die Unruhe dauerte wieder minutenlang.

- Warum verhandeln sie mit ihm? – rief jemand. – Wenn sie einen Befehl kriegen, werden sie uns alle erschießen.

- Was sagt er? – fragte der Offizier.

Er legte seine Tellermütze ab, wusch den Schweiß von seiner Stirn. Das Mädchen übersetzte, das Gesicht des Offiziers lief rot an. – Njet! – rief er, und das verstanden hier alle: Nein!

Plötzlich wurde es mucksmäuschenstill, eine Frau stieg als Erste auf den Panzer. Sie heftete die nationale Trikolore an die Brust des Offiziers. Unvernünftige, blinde Hoffnung erfasste jetzt die Menschen. Die Russen sind mit uns! Alle sprachen durcheinander, man brachte Fahnen, das Volk hisste das bunte Tuch auf den besetzten Panzer.

Bis dahin wuchs die Menge auf mehrere Tausend vor dem Hotel Astoria. Als die Fahnen auf den Panzern gehisst wurden, nahmen die Menschen ihre Mützen vom Kopf und die Masse fing an zu singen. Die Tränen flossen über das Gesicht von Yuri. Die Nationalhymne fängt langsam an, wie ein Kirchenlied, und sie merkten es nicht mehr, dass die letzten zwei Zeilen nicht mehr bitten, sondern fordern, drohen.

- Zum Parlament! – rief jemand, als nach den letzten Akkorden es wieder still wurde.

- Zum Parlament! Wir müssen der Welt zeigen: Ein Wunder ist geschehen. Die Russen sind mit uns, die Gerechtigkeit hat ohne Blutvergießen gesiegt!

Yuri dachte später öfter daran: Er wird nie wieder ein solcher Mensch, wie die anderen, die selbst nur für einen Moment lang das Unmögliche glaubten, dort, vor dem Hotel Astoria.

Die beflaggten Panzer bogen in den Kleinen Ring ein, hier schlossen sich Lastwagen der Kolonne an. Auf einem drängten sich Busfahrer, sie hoben ihn zu sich. Singend bewegten sich zehntausende von Menschen in Richtung des Parlaments. Yuri schaute sich die Gesichter an: das Staunen und die erschrockene Freude. Es waren keine Erwachsene, die in dieser Menge gingen, sondern Kinder, die die Wirklichkeit von der Fiktion nicht trennen konnten.

Was danach geschah, lief so schnell ab, so unerwartet, wie beim Erdbeben. Die Menge erstarrte und lange Sekunden vergingen, bis der Lebensinstinkt doch die Oberhand gewann.

Die Panzer fuhren zum Parlament vor, Yuris Lastwagen kam bis zum Reiterdenkmal. Hinter ihnen, aus der Richtung des Ságvári Platzes strömte die Menge auf den Platz. In diesem Moment ertönten von den Dächern der Häuser, die den Platz umschlangen, die Maschinengewehre. Der Zug blieb stehen. Die Menschen begriffen nicht einmal, dass man auf sie, friedliche Demonstranten, das Feuer eröffnete, geschweige, woher man schoss.

Die Seite des Lastwagens wurde abgerissen, Yuri suchte hinter den Rädern Schutz, seine Augen und Mund füllten sich mit Staub, aber er sah noch, dass die Panzer die Kanonenrohre auf die Dächer richteten. Die Busfahrer liefen hinter die Reiterstatue. Die auf den roten Marmor entlang peitschenden Salven metzelten die schutzlosen, ihre Hände über ihren Kopf streckenden Menschen nieder.

Das Mädchen lag bewegungslos auf dem Kopfsteinpflaster.

- Hierher! – rief ihr Yuri zu. Flüsterte er? Schrie er? Eine Salve peitschte neben ihm in den Staub.

- Ergeben wir uns! – rief ein dicker Mann. Er stand allein in der Mitte des Platzes und winkte mit einem weißen Taschentuch.

Das Mädchen trug einen hellblauen Wintermantel. Ihr Gesicht war fahl blass, ihre blonden Sommersprossen schwarz wie Schrot. Yuri wusch den Schweiß von seiner Stirn ab. Stechender Rauch biss in seine Nase, es wurde wieder still auf dem Platz und warm. Gleich stehen die Statisten auf, sie stauben ihre Kleidung ab, und holen ihre Honorare unter den Arkaden ab –wollte er daran glauben. Andere bewegten sich auch, sie rekelten sich, jemand rief: Wasser! Von Toten und Verletzten umringt stand die Reiterstatue bewegungslos, sie stand über dem Platz. Die Russen sprangen aus den Panzern heraus, die Soldaten mit den Trikoloren schleppten weinend die Verletzten unter die Häusertore. Dicker, ekliger Blutgeruch breitete sich vor dem Parlament aus. Yuri hob eine Maschinenpistole mit Munitionsscheibe vom Pflaster auf. Er schaute hoch: Das Licht funkelte. Unter den Torbögen der Häuser verteilten die Soldaten mit den Armbändern die Waffen.

13.

Vom Blut durchnässt erreichte er die Busgarage. Mit brüllendem Motor bog ein Bus ohne Nummer und Nummernschild durch den Haupteingang auf die Straße.

- Die Flüchtenden werden zur Grenze gebracht – sagte der Parteisekretär.

- Wer will von hier fliehen?

- Viele. Einige nach Osten, andere nach Westen.

- In der Nacht habe ich das im Radio gehört – sagte Bazsóka -, Brno, Stettin, Hilversum, Ploesti, Brunswick, Ankara. Wie groß ist die Welt! Und alle sprechen über uns. In der Dunkelheit wirbeln und ergießen sich die Rufe. Sie hätten sie verstanden, ich habe den verzweifelt jammernden Worten nur zugehört.

- In meiner Jugendzeit habe ich einen Film gesehen – sagte Yuri. – Er spielte auf einem Plattland, in einem vorstädtischen Armenghetto. Es war sehr kalt, obwohl das Ganze irgendwo im Süden lag. Die Menschen fröstelten beengt in verschlissenen Wintermänteln, die Kamera filmte die Gruppe und den öden Müll um sie herum von oben. Als der erste Sonnenstrahl aufleuchtete, fingen alle an, zu rennen, um den Strahl zu erwischen. Sie fuchtelten mit ihren Armen, trappelten mit ihren Füßen, hauchten in ihre Finger. Die Sonne brach manchmal hier, manchmal da durch die Wolken durch und die Menschen folgten der wenigen, geschenkten Wärme.

- Dann – sagte Yuri –, am Ende dieses Films war eine Szene. Der Junge und das Mädchen erhoben sich in die Luft, sie verließen die Müllhalde. Das war so unglaublich, dass ich weinen musste. Ich habe diesen Film noch öfter gesehen, aber jedes Mal musste ich weinen, als der Junge und das Mädchen über die Müllhalde flogen. Ich habe geglaubt, dass ich es verstanden hatte. Nur ein Wunder kann die Menschen retten.

- Er wollte sich befreien, aber er hat es nicht gekonnt.

- Nein – sagte Yuri. – Ich bin nie der Sonnenseite nachgelaufen. Ich habe geweint, weil die Kamera einen kleinen schwarzen Fleck gezeigt hatte: die verlassenen, trappelnden, frierenden Anderen.

Die Stunden vergingen.

- Was wird aus uns, mein Georg? – fragte der Parteisekretär unter den dunklen Fenstern der stummen Garage. - Sie sind noch ein junger Mann – Yuri zog seine Schultern hoch. – Sie sehen sich im kapitalistischen Westen um.

Bazsóka riss seinen Kopf betroffen hoch. Sein rundes Gesicht hing herunter, zwei Taschen bildeten sich dadurch unterhalb seines Mundes.

- Wo kommen Sie her? – Fragte Yuri.

- Aus Oberungarn, heute Slowakei – antwortete der andere. – Aber was Sie eben sagten, meinten Sie doch nicht ernst?

- Die Maurer aus Oberungarn. Sie haben aber wirklich schöne Lieder gekannt. Am ganzen Tag haben sie gesungen. Manchmal haben sie auch gelacht. Sie haben die Ungarn aus dem Kernland nicht leiden können.

Bazsóka hörte zu.

- *In Szepes, in Gömör* – summte Yuri -, *dort drückt man das ungarische Mädchen in die Grube.*

- Das war doch nicht so, protestierte der Parteisekretär. – So: *He, in Szepes, he, in Gömör wehen kalte Winde.* – Er sang mit hoher, klagender Stimme. – *Jene lieben ihre Welt, die zu zweit schlafen. Aber die armen Slowakenburschen schlafen allein und finden keine Gefährten, egal wo sie hinkommen.*

Als die Burschen aus der Slowakei nach Budapest kamen, dachten sie, dass sie daran sterben werden. Sie wurden gehänselt und die Mädchen sind hier auch anders. Daher haben sie solche Lieder erfunden.

Es wurde still: Im Licht einer Kerze sah Yuri das Gesicht seiner Mutter, hinter der beschlagenen Scheibe. Sein Magen zuckte zusammen, wie an den Besuchstagen, als seine Mutter ihn im Krankenhaus besuchte.

- Du musst weg – schnaufte die Frau. – die Gefangenen werden wieder eingesammelt.

Sie drückte ihm ein vierfach gefaltetes Blatt in die Hand. Maschinell geschriebene Namen und Adressen waren auf dem Papier.

Die deutsche Erzieherin, die Mutter so liebte. Ein französisches Mädchen, mit dem er jahrelang Briefkontakt hatte. Der General, dessen Ohr Großvater im Ersten Weltkrieg kurierte.

Yuri nahm die Liste. All das war lächerlich und gleichzeitig unglaublich. Ist die Freiheit so schnell zu Ende gegangen? Hält das Leben nur eine Woche lang an? Die zerbrechliche Figur Mutters verschwand unter dem schwachen Licht der Lampen. Sie standen vor der Wachbude in der Dunkelheit. Kühler Wind kam auf, es dämmerte.

14.

Vom Südbahnhof fuhr ein leerer Lastzug in die Parkanlage Vérmező. Der Zug nach Pécs stand schon bereit – man atmete den Teerduft der hölzernen Bahnschwellen, den Rauch der Dampflok und den öligen Pissoirgeruch ein.

Sie kletterten in einen Viehwagen hoch. Ein Eisenbahner ging an ihnen vorbei, eine Petroleumlampe schwingend klopfte er an den Rädern.

Der Zug nach Győr fährt heute vom Gleis 3 – rief er hoch. – Da jetzt jeder dahin will.

- Wir wollen nicht dahin – sagte Bazsóka.

- Százhalombatta, Pusztaszabolcs, Sárbogárd – stöhnte der Lautsprecher.

Der Zug wurde kurz durchgeschüttelt, die Ketten klirrten, mit einer langsamen Welle setzte sich der Zug in Bewegung. Es war totenstill. Über der Stadt dämmerte es.

Yuri stand in der Tür des Wagens, schaute die verrußten Wände an, in der Höhe der Márvány Straße die Brücke. Vor kurzem stand er noch dort, oben, im Dampf: In den letzten sechs Tagen geschah vieles.

Angenehme, leichte Traurigkeit kribbelte in seinen Gliedern. Es war nichts Endgültiges an dieser Reise. Die Luft war lauwarm und bewegungslos. Sie werden sich jetzt in das Abseits verziehen, bis sich die Lage wieder beruhigt.

Die Lock pfiff kurz, Yuri schob die Tür zu. Sie waren im Tunnel, durch die Ritzen strömte der Ruß in den Wagen herein. Als das tiefe Dröhnen in helles Rattern überging, öffnete Bazsóka die Tür wieder. Über Lágymányos war der Himmel rosafarben. Die Dampflok pfiff, das Dröhnen und das Quietschen zeigten an, dass sie die Behelfsbrücke passierten.

Yuri war nervös und fröhlich. Nach so vielen Jahren reiste er wieder. Für einen Moment sah er das Gebäude der Bewegungstherapie, die Kaserne an der Budaörsi Straße.

- Die Garage! – rief Bazsóka.

Das Knattern der Räder wurde lauter, sie verließen die Hamzsbégi Straße. Yuri stand auf, und sah noch die Berge von Buda. Die Spitzen wurden durch die Sonne angestrahlt, fröhlich, sonntäglich. Ihm fielen die langen Spaziergänge in den Bergen ein, mit Großvater, vielleicht an nie gewesenen Sonntagen. In einer oder anderen Kurve blieben sie stehen, Großvater und sein Enkelsohn betrachteten die dampfende Stadt. Als sie oben ankamen, strömte schon die

Militärmusik durch die geöffneten Fenster. Am Schwabenberg setzten sie sich hin, packten ihren Proviant aus: Sie warteten auf die Zahnradbahn. Die gelbe Kleinbahn kletterte langsam hoch, blieb an jeder Ecke stehen und pustete. Der Schaffner ließ mit einem Hornzeichen die Bahn losfahren, dies gehörte auch zum Sonntagvormittag, diese kurze, klagende Trompetenstimme.

- Über was grübelst du? – fragte Bazsóka.

Er versuchte, einen solchen Sonntag zu erzählen.

- Er sprach mit mir, wie mit einem Erwachsenen. Worüber sprachen wir? Über die Menschheit, über den Krieg. Über den Sozialismus. Großvater beachtete die moralischen Werte.

- Über den Sozialismus?

- Er sagte, dass ein gläubiger Christ in seiner Seele nur ein Sozialist sein kann.

- Lache nicht – sagte Bazsóka.

- Er hat leicht geredet – dachte Yuri nach. – Als Siebenbürgen im Weltkrieg wieder Ungarn wurde, haben wir drei Wochen in Radnaborberek verbracht. Ich war gerade aus einer Lungenentzündung genesen, der Alte hat mich in das Hochgebirge begleitet. In einer Ferienanlage haben wir gewohnt. Großvater war bei der Frühmesse der Ministrant, wir haben danach gemeinsam gefrühstückt. Vormittags spazierten wir und berechneten die Fließgeschwindigkeit der Bergbäche, die Höhenmeter, die genaue Ortszeit. Alles in seiner Zeit, wie Großvater sagte: Nach Form und Art der Dinge. Nach dem Mittagessen hatten wir uns hingelegt. Als wir wieder aufgestanden sind, rollte die Sonne schon dicht oberhalb der Zacken der Tannenwälder. An der Tür hat sich eine lange Schlange gebildet: weiß gekleidete Bergbauern mit schwarzen Hüten warteten auf den Herrn Professor. Großvater ging von Haus zu Haus, er hatte Wunden genäht, Kranke gepflegt. Zu Abendessen haben wir von den Frauen Polenta bekommen.

- Warum sagst du, dass er leicht geredet hat? – fragte Bazsóka. – Das kann doch nicht so einfach gewesen sein!

- Ich habe es auch nicht so verstanden – sagte Yuri. – Großvater erledigte seine Sachen inhaltlich und in aller Form. Er wusste, was zu tun ist, was gut und was schlecht ist. In seiner Welt hatte noch alles seinen Platz, und wer seinen Platz gefunden hat, konnte täglich sorglos schlafen. Ihn erschöpfte die Arbeit nicht: Die Arbeit war gut verdiente Ruhe.

- Das ist eine Grundwahrheit – dachte der Parteisekretär nach.

- Wir haben uns verändert – sagte Yuri. – Ich war schon in Radnaborberek ein anderer Mensch. Abends bin ich immer hinter die Kneipe geschlichen, jedes Mal, wenn der Alte mich allein gelassen hat. Drinnen spielte ein Zigeuner, am Ausschank haben ein Dutzend Bergbauern gezecht. Morgens habe ich diese sanften Berghirten beobachtet. Sie kamen aus der Richtung Ünökö, jeweils mit einem Lamm auf den Schultern. In ihren großen, fettigen Bündeln steckte Schafskäse, Frischkäse. Sie haben jeden herzlich gegrüßt, sie kamen singend auf den schmalen Bergpfaden.

- Abends warfen sie mit Messern und haben in der Schenke alles kurz und klein geschlagen. Ein junger Mann hatte hinter der Kneipe, wohin die anderen nur zu urinieren gegangen sind, seinen Kopf, den er mit seinen Händen zusammengepresst hatte, weinend an die Wand geschlagen. Als die Hirten ihr ganzes Geld versoffen haben, hat die Kneipe zugemacht, die Männer suchten mit ihren langen Stöcken die Wege zu den Almen.

- Mein Vater war Eisenbahner – sagte Bazsóka. – Er ist jung gestorben. Es gab einen Bremsenriss, der Zug erdrückte die Arbeiter.

Auf einer breiten, schlammigen Straße fuhren sie weiter, unter der Haube des weiten, halbrunden Himmels. Ein Lastwagen nahm sie mit, der Wagen schüttelte so stark, dass sie einander nicht mehr verstehen konnten.

- Singen wir – sagte Bazsóka.

- Der Teufel singt mit dir – zitterte Yuri vor Kälte, aber der andere fing an zu singen:

- *In der Mitte Russlands bin ich gefangen, in einem Bergbaulager.* – Es war ein feuriges Marschlied. – *Ich mustere die Schenas* – sang der Parteisekretär – *wenn sie mir genug sind, dann schaue ich die Barischnas an.* – die Straße wurde etwas besser, hinter den Hügeln ging soeben die Sonne unter. – *Wenn ich eine Schena sehe, die alleine ist, ruf ich ihr zu…*

Bazsóka blinzelte schelmisch, was er aber der Frau zurief, verstand niemand mehr im Wagen.

15.

Zu dreizehnt drängelten sich in einem winzigen Zimmer. Die Grenze lag kaum paar Kilometer weit von ihnen. In der Halbdunkelheit leuchtete nur die Skala des Radios. Erst nach Mitternacht konnten sie den Sender von Dunapentele empfangen:

- Landsleute, Ungarn – hinter der Stimme des Sprechers hörte man die Maschinengewehrsalven -, in der Umgebung von Dunapentele brauchen wir Medikamente. Helft uns!

- Was wird mit uns? – stöhnte Bazsóka.

- Wir taumeln weiter – sagte Yuri. – Nachträglich werden wir die Zufälle zu Entscheidungen verklären. Diese habe ich dann in meiner Tasche, daraus kann ich mir Selbstbestätigung basteln. Daraus wird dann Schicksal und Geschichte gemacht.

- Mein Onkel wartet in Wien auf mich – flüsterte eine Frau in der Dunkelheit. – Er hat eine Feuerzeugfabrik. Ich lege bei ihm ein paar Worte für euch ein, er hat gute Verbindungen. Er ist ein Malteser Ritter mit drei Kreuzen.

Sie standen so eng, wenn jemand sich umdrehte, ringelte die Bewegung in dem gesamten Raum weiter, alle haben ihre Stellung verändern müssen. Der Bauer öffnete von Zeit zu Zeit die Tür, er reichte in Anderthalbliterflaschen schäumenden lila Wein ein.

- Trink – sagte Bazsóka. – bis zum Abend hältst du es noch irgendwie aus.

Die Frau, die soeben sprach, kroch sich auf den Eimer. Die Säulen ihrer Schenkel spreizte sie auseinander, der gelbe Strahl des Wassers peitschte an der emaillierten Kübelwand wie eine Bohrmaschine.

Später rauften sich zwei, ein Soldat blutete. Sie sind vollkommen verrückt geworden, sagte der Bauer. All das kam aus der Ferne: Zwischen dem Zimmer und der Wand der geschlossenen Augen laugte die Müdigkeit alle Verbindungen aus. Eine Bügelflasche klirrte, ein Streichholz bremste auf dem schwefligen Papier, sie tranken, schwitzten, rauften sich, mit gedämpfter Stimme, mit vollem Einsatz, während die russische Patrouille unter dem Fenster vorbeiging.

Fortunas Rad

Den Jahrestag des Oktobers feierten wir jeden Herbst auf der Insel. Wir sangen die Internationale auch, als die Alten noch lebten. Niemand scherte sich darum. Die Eingeborenen wissen nicht, was der Herbst ist. Geschweige, was eine Revolution ist.

Am 7. November öffne ich auch heute eine Flasche Wein, wie jedes Jahr. Ich lege auf, höre meine Schallplatten. Aber seit Langem fällt mir nicht jener Tag ein, nach dem die Russen die Plätze und die Straßen umbenannten. Seit einiger Zeit erinnere ich mich an den vierzigsten Jahrestag des Novembers.

Jedem seine Revolution. Für mich brach sie 1957 aus – lieber später als nie! -, die Große Oktoberrevolution.

Ein kühler, nebliger Herbst lag an jenem Tag auf dem Rheintal. Aber am Morgen dieses Jahrestages klärte sich der Himmel auf und auf den Park des Schlosses Pourtalés ergoss sich ein schmerzhaft sanftes, blasses Herbstlicht.

Im Schloss lebten seit einigen Monaten Studenten. Die Verbannten des Budapester Aufstands, die vor den russischen Panzern bis hierher fortliefen und die Amerikaner wiesen ihnen - in Ermangelung eines Besseren - dieses unbewohnte Gebäude zu. Im Lager gab es um acht Uhr Frühstück. Danach besuchten die Jungs

Sprechstunden, zumindest wenigstens offiziell. An jenem Tag schlenderten sie in diesem müden Herbstlicht vor dem Speisesaal herum.

- Wisst ihr, was für ein Tag heute ist? – fragte jemand.

- Der siebte November! – antworteten die anderen.

Es war ein Jahr vergangen, dass der Aufstand niedergeschlagen wurde. Ein ganzes, langes Jahr. Zwischen den Bäumen des Parks bewegte sich der Wind, über dem Überschwemmungsgebiet des Rheins kreiste eine Schar von Raben.

Damals besuchte ich schon die Universität. Eine Elsässer Familie lud mich jeden Sonntag zum Essen ein. Man lernt in einem Jahr sehr viel. Ich hatte schon eine Freundin, die in den Pausen der Vorlesungen meine Arbeiten korrigierte. Sonst tat ich dasselbe, was die anderen taten. Ich hörte Radio Budapest, schrieb Briefe und lag tagelang auf meinem Bett.

Ich wollte nach Hause, das war die Wahrheit. Die Universität brauchte ich nur dazu, damit ich eine passende Ausrede hatte. Eine Bescheinigung. Ich ging fort, lernte die Welt kennen. Ich wusste schon, was ich wissen wollte. Was ich hier fand, war nicht besser, als was ich hinter mir gelassen hatte. Die sinnlose Freiheit – so groß sie mir schien – war ebenso öd wie das Fehlen der Freiheit auf der anderen Seite, im Osten.

Meine Gefährten wollten auch nach Hause, jetzt, nachträglich stelle ich es mir so vor. Dieses Thema mieden wir in den gewölbten Sälen des Schlosses Pourtalés. Aber jener kleine Satz vor dem Speisesaal verriet diese Geisteshaltung. Als ob wir nicht das Opfer des siebten Novembers gewesen wären. Wir alle. An diesem Morgen konnte man aber an nichts anderes denken.

- Singen wir! – rief jemand dort in der Sonne.

Aber wir sangen nicht. Wir schauten uns gegenseitig an, mit Tränen in den Augen, verrotzt. Ebenso, wie später, viele Jahre lang, unter dem dunstigen Himmel der Inselwelt.

So fing dieser Tag an. Wie die anderen. Wir konnten uns daran gewöhnen. Und dann wurde es plötzlich anders.

Jungs! – rief nach dem Mittagessen Karesz, ein langhaariger Gigolo. – für den heutigen Abend putzt Euch heraus! Wir sind zu einem Empfang eingeladen!

In der ersten Zeit gab man uns zu Ehren oft Empfänge. Rotary und Lion´s Club luden uns zum Abendessen ein, der Bürgermeister und der amerikanische Botschafter begrüßten – wie sie sagten – die Freiheitskämpfer. Aber diese Einladung war etwas anderes: Der langhaarige Karesz zeigte uns die Soirée-Invitation der „Franzrüß", der Gesellschaft für französisch-russische Freundschaft, die er offensichtlich von einer seinen Freundinnen bekommen hatte.

- Sie werden uns nicht reinlassen! – regten sich die anderen auf.

Abends brach die frisch rasierte, duftende Gruppe dennoch auf. Entschlossen und verbissen marschierten sie. Im Gleichschritt: So viel blieb noch von der Disziplin des Aufstandes übrig.

Der Empfang fand im Prunksaal des Rathauses statt. Wir waren etwa vierzig Leute: Davon, dass man uns nicht hineinlässt, konnte keine Rede sein. Die Vorsichtigeren sprachen sogar Russisch, und dies beruhigte das diplomatische Korps offensichtlich. Es schien so, als ob es hier keine Probleme geben kann. Die flaumbärtigen Veteranen fielen über den Kaviar und Champagner her.

- Habt ihr das gesehen? – fragte Legionär mit vollem Mund, der deshalb so hieß, weil die Amerikaner ihn aus der Fremdenlegion hierher geschafft hatten.

Wir sahen es, selbstverständlich. Im Saal machten dieselben Mädchen den Russen den Hof, die vor einem Jahr uns bewunderten. Die gleichen Vize- und Oberbürgermeister klatschten sich die Hände zu Ehren des siebten Novembers rot, die noch vor Kurzem uns ebenso stürmisch gefeiert hatten.

- Sie können uns mal! – sagte Herr Pillér, der Dolmetscher. – Esst!

Nach der Festrede wankte die Ordnung doch ein bisschen. Der ehemalige Häftling, Herr Fehér, der unter den Jugendlichen schon wegen seines Alters Achtung genoss, meldete sich nach dem Botschafter zu Wort. Man hörte nicht gut, was er sagte, aber von der

Theke aus erschallte das Lachen, als er die Gesellschaft mit „Genossen" ansprach.

- Die Lage der Uralvölker in der großen Sowjetunion – rief er – ist zu verzweifeln. Wir können sagen, dass sie vor unseren Augen aussterben, eins nach dem anderen. Neulich zum Beispiel der letzte Vertreter der Kamassen... – und Herr Fehér sang hier ein Kamassenvolkslied, das heute – wie er weinend sagte – niemand mehr singen kann.

- Der letzte Vote ist auch gestorben – fügte er hinzu - Voten gibt's nicht mehr! Nur fünfzehn Liven blieben in Lettland übrig. Die Sowjetmacht – fügte er schließlich hinzu – vernichtete die Uralvölker, die in ihrem Gebiet lebten.

Vor der Theke her erschallte wieder ein Lachen, da der Redner – nach Beendigung seiner spontanen Trauerrede – den nichts ahnenden Botschafter auf den Mund küsste.

Die Franzosen waren erleichtert: Der Abend endete nicht mit einem Eklat. In der Ecke setzte die Musik ein. Ungarische Roma waren die armen Musiker, am Rheinufer leben keine russischen Zigeuner. Sie konnten gerade das „Otschi-Tschornie" und das „Kalinka" klimpern. Diese Lieder wiederholten sie verzweifelt und dazu bewegte sich der ganze Saal um uns herum.

Auf der Insel, wo ich lebe, gab es mal ein solches Restaurant mit Livemusik. Es war ein vornehmes Lokal, an den Tischen dinierten die Europäer im Frack und die Eingeborenen kredenzten ihnen Champagner. Die Seele des Musikers, Felix Armer, – wie man sagte – war aus Liedern: Er spielte Wiener Walzer zu den Vorspeisen und hauchzarte Operettenlieder zu den Desserts.

Nach dem Abendessen setzten sich die Stammgäste zum Klavier, auf die Tasten regneten Geldscheine. Nach Mitternacht kam Nina, die weißrussische Stripteasetänzerin. Das Publikum ließ dann Felix ausschließlich russische Melodien singen.

Herr Armer, der Arme, lebt nicht mehr. Aber damals sang ich noch mit ihm. Im Swiss Chalet wusste man von mir, dass ich auch ein Weißrusse bin.

An solchen Kleinigkeiten stößt man sich in der Inselwelt nicht. Von den ausgerotteten Uralvölkern, von der ganzen stinkenden Vergangenheit blieben nur das „Otschi-Tschornie" und das „Kalinka" und ein paar traurige slawische Melodien übrig. Zu jener Zeit, als ich noch ein junger Plantagenbesitzer war, weinte ich auch meine Sorgen über Nina gebeugt, aus.

Im Prunksaal des Rathauses sangen die Studenten das Lieblingslied von Marschall Stalin, das "Suliko". Die Gastgeber lächelten nachsichtig: Am vierzigsten Jahrestag war der Vater der Völker nicht mehr in Mode. Später stimmte Herr Fehér noch die Szekler-Hymne an, der Dolmetscher versuchte ihn vergebens zum Schweigen zu bringen. Es war auch überflüssig: In dieser Umgebung war diese Hymne auch nicht empörender als das Wissen um die sterbenden Halbwüchsigen im Osten.

Die Schlägerei fing so an, dass Legionär, den die Franzosen ausgepeitscht hatten, sein Hemd auszog und die weißen Narben auf seinem Rücken herumzeigte. Das wäre noch im Rahmen geblieben, da die Damen nicht zum ersten Mal einen nackten Freiheitskämpfer sahen. Aber der stämmige Rausschmeißer, der den Anstößigen packte, erinnerte ihn an die Schlägertypen der alten Zeiten.

Die Einrichtung wurde augenblicklich zerschlagen. Das Buffet und die Theke flogen schnell hintereinander durch das Fenster. Der Freundeskreis zog sich auf die Empore zurück, das Orchester spielte einen Tusch, die Studenten verzogen sich, bevor die Ordnungskräfte aufmarschierten.

Eine Kathedrale stand dort, am Rheinufer. Ein schwerfälliges, rostbraunes Gebäude. In der ersten Zeit brachte man uns jede Woche hierher. Wir sprachen noch kein Wort Französisch, aber die rosaroten Jungfrauen, die auf beiden Seiten des Eingangs standen, kannten wir schon.

Oben im Turm schlug die Uhr zehn, und wir stellten uns in eine Reihe unter den Schnörkeln der Stützpfeiler auf. Zu jener Zeit läuteten die Glocken eine ganze Viertelstunde lang. Wir hatten Zeit, uns zu erleichtern. Danach wurden die Stadttore geschlossen.

Als die Glocken verstummten, brach die schwarze Gruppe gehorsam auf. Herr Fehér und Herr Pillér, der Dolmetscher, unterhielten sich über den Kommunismus mit menschlichem Antlitz.

Ich ging nicht mit den anderen. Ich erledigte meine Geschäfte stehend, als das Mädchen, das meine Manuskripte an der Universität korrigierte, hinter mir stehen blieb.

- Na du? – fragte sie heiser.

Sie kam aus dem Theater, und die Studenten erledigen gewöhnlich bei der Kathedrale ihre Geschäfte und nicht hier, unter den Arkaden.

- Du blutest! – stellte sie fest.

Meine Stirn blutete wirklich.

- Komm schnell – griff sie nach meiner Hand -, ich bringe dich nach Hause!

Wir schlichen über den weitläufigen Schulhof, das Zimmer meiner Kommilitonin lag unter dem Dach.

Sie wusch mir das Blut vom Gesicht.

- Zieh dich aus! – sagte sie – Hast du Hunger? Ich hole schnell etwas.

Ich saß in meiner Unterhose auf dem Bettrand. Ich hatte zu große, weiße Unterhosen, die das Rote Kreuz verteilte.

- Bleib still! - sagte das Mädchen noch. – im Nebenzimmer schläft jemand!

Ein Wolf unter Schafen, ich war im Gebäude des Mädchengymnasiums. Noch dazu bei der Direktorin, in der Dienstwohnung! In der Loge, wo ich sogar unter vierhundert Mädchen hätte wählen können.

Im Nachbarzimmer schnarchte wirklich jemand.

- Meine Großmutter! – lachte das Mädchen. – Pass auf, sie hat einen leichten Schlaf.

Auf dem Tablett, das sie auf das Bett vor mich legte, wackelte ein halbes Meter langes französisches Brot und eine Flasche Wein. Ich erinnere mich nicht mehr, ob es Cramoisay oder Pelure d´oignon war.

Wir fielen gerade über diesen unerwarteten Schmaus her, als im Treppenhaus eine schrille weibliche Stimme ertönte.

- Meine Mutter! – kicherte meine Freundin.

- Kommt sie oft hoch? – fragte ich todesmutig und Clo antwortete: eigentlich nie.

Sie nötigte mich in den Kleiderschrank hinein, sie hatte noch genug Zeit, mir das Tablett nachzureichen, sowie eine Leselampe, offensichtlich dafür, dass ich meinen Mund finde.

Danach schwebte die Mama mit einem Armvoll Kleider in das Zimmer herein.

Weihnachten und der Schulball nahten, und die zwei Frauen, Mutter und Tochter, blieben vor dem Spiegel stehen und probierten die neuen Kleider an.

Die Direktorin war nicht so alt, wie ich sie mir vorgestellt hatte. Der Spiegel wurde an die Tür des Kleiderschranks angebracht und sie zierten sich so, als ob die Modeschau mir gegolten hätte. Und ich verkroch mich – wie wir früher sagten: wie eine Melone ins Gras – unter das duftende Röckchen von Clo.

Meine Freundin hatte runde, feste Formen: Damals trugen die Mädchen in Frankreich noch Mieder, aber ihr Po war auch nackt, rund und knackig, wie sie sich dort vor mir hin und her bog, schamlos und zugleich errötet vor Scham.

Ich aß das halbe Meter lange Sandwich auf und trank den Wein, was seiner Farbe nach doch ein Cramoisay sein konnte. Aber der Striptease wollte irgendwie nicht enden. Da bemerkte ich, dass an meinem Fuß etwas lag.

Ein kleines Heft, in dem Descartes, der Philosoph, über die Methodik des richtigen Denkens sinnierte. Ich nahm sogar zwei Anläufe, da er, wenn ich es richtig verstand, gleich auf der ersten Seite Spott über die Menschheit trieb. Hatte mir das imponiert? Bei uns erlaubten sich die Philosophen keine solchen Sticheleien.

Es war so, als ob dieser dreihundert Jahre alte Mann, der in der Verbannung lebte wie ich, nur zu mir spräche. Er lernte bei den

Priestern, wie ich, und die Priester hatten ihm das Denken fast auch abgewöhnt. Als er sich befreien konnte, wollte er die Welt sehen. Er reiste, machte Erfahrungen, aber viel hat er daraus auch nicht gelernt.

Vor dem Kleiderschrank stöhnten die zwei Grazien schwer. Das Mieder der Direktorin war eng, oder zog es ihre Tochter nur zu sehr zusammen? Vergebens rüttelten sie daran, die Klammer ließ nicht nach. Dazwischen sank ich in das richtige Denken zurück. Diese zwei Frauen ähnelten sich zu sehr, und das nahm mir die Lust an ihnen.

- Ein Weltbild bricht zusammen – fuhr mein Philosoph fort -, wenn es nicht fähig ist, die grundsätzlichsten Tatsachen der Wirklichkeit zu erklären.

Etwas Ähnliches ist mir im Osten widerfahren. Die Revolution begrub ein Weltbild unter sich. Wenn nur die Welt zusammengestürzt wäre, wäre es nicht so problematisch gewesen.

Ruinen kann man schnell aufräumen. Aber ich wusste nicht mehr, was ich wollte. Und jetzt dieses Chaos, dieser Wilde Westen!

Ich trank den restlichen Wein. Ich fühlte mich blendend. Siehe, denken tut gut. Ich gelobte, keinen fremden Rat mehr anzunehmen. Wie man sagt, ich raste mit der Tabula, dort im Kleiderschrank unter der Glockenblume eines knackigen Unterrocks.

Draußen, im weißen Mädchenzimmer, kehrte wieder Ordnung ein. Die Direktorin verzog sich, Clo öffnete die Tür und lächelte mich an:

- Monsieur späht? – fragte sie kokett und ich antwortete, dass der Teufel jemanden nachspäht: Ich lese!

Tatsächlich aber schlief ich ein. Dort, wo Descartes vor lauter Zweifeln auch müde wurde und irgendwelche Beweisführung antrat.

Mit Frauen hatte ich auch schon früher zu tun gehabt. Mit unseren Partnerinnen drückten wir einander in der Tanzschule nass, später betatschten wir die Zigeunermädchen in irgendwelchen Matineekinos. Aber in einer solchen Lage war ich zum ersten Mal. Wir lagen nebeneinander, wie die Zinnsoldaten: Verstummt, ernst. Auf der Decke tanzten die Schatten, im Nachbarzimmer schnarchte von Zeit zu Zeit die auch im Schlaf wachende Oma auf und Clo hielt meinen Mund nach jedem Aufschnarchen zu.

Cogito ergo sum! – stand in dem Heft des Herrn Descartes. Und ich brach beinahe in lautes Lachen aus als ich diesen triumphalen Satz in coito verwandelte.

Es dämmerte schon, aber der Verkehr in der Straße war noch nicht erwacht. Clo öffnete das Fenster.

- Steh auf! – flüsterte sie. – Beeil dich!

Draußen schneite es weich knisternd. Barfuß sprang ich durch das Tor des Mädchengymnasiums, meine Schuhe zog ich erst an der Ecke an, wo mich niemand mehr sehen konnte.

Die Studentenstammkneipe, die Victoire, war schon geöffnet. Ich setzte mich neben den Ofen und schüttelte den Schnee von meiner Kleidung ab. Die Kellner waren noch nicht da, der Besitzer, Herr Hiller, brachte mir einen Kaffee und ein Croissant, mit dem er die Studenten jeden Morgen auf den Weg entließ.

Im Ofen zischten die Flammen, duftender Rauch stach mir in der Nase. Ich knetete meine Knochen durch und wollte nirgends mehr hin. Die Heimkehr und die Revolution versanken im tiefen Wasser der Vergangenheit.

Lange Zeit dachte ich, dass ich an jenem Tag das Rad der Fortuna erklomm. Letztendlich wurde Clo meine Frau, die fremde Gesellschaft nahm mich auf. Ais ich mein Studium beendete, kauften wir ein Landgut zwischen Cluny und Vézelay. Egal, wohin mich das Leben verschlug, es konnte nicht mehr aus mir rausprügeln, dass ich zu den Siegern gehörte.

Na ja. Ich trank meinen Kaffee am Studententisch des Victoire aus. So ging dieser Tag zu Ende.

Neulich fegte ein Hurrikan über die Inselwelt. Ein Windstoß blies auch meine Bücher fort.

Unten, im ruhigen Wasser des Sümpfchens, schwammen noch tagelang das orangefarbene Synonymwörterbuch und Milan Füst,
die Vision und Leidenschaft...

Am siebten November öffnete ich eine Flasche Wein. Es war Voll-
mond, friedlicher Sternenhimmel. Das Gewebe der Gegenwart
reißt in solchen Zeiten auf. Ich sehe meinen Vater, meine Mutter,
Oktober, die Hoffnung. Die alten Gefährten.

Dann geht die Sonne auf. Auf der Straße verkehren Gestalten mit
orangefarbenen Helmen.

Die Leute von der Versicherung. Sie kommen, die Schäden zu er-
fassen.

Sieben enge Jahre

Engenthal

Zu jener Zeit hatte das französische Fernsehen eine lustige Mittags-sendung. Ausschnitte aus alten Stummfilmen, jene Szenarien zeigte man, an die man sich – gleich wie man an den Refrain der alten Lieder – sich nach Jahren erinnert. Zwischen den Streifen spielte eine kleine Melodie, „Tingel-Tagel-Musik", und ich musste an je-dem Mittag in Weinen ausbrechen, als ich dieses dumme Liedchen hörte.

Es ist kaum ein Jahr vergangen, als ich in die Welt hineinging und es schien mir so: unveränderbar und endgültig. Ich hatte Glück gehabt: Ich bekam ein Stipendium, das Lagerleben kannte ich so-zusagen fast nur vom Hörensagen. Es ist Tatsache, dass die Revo-lution von 1956 unterging, aber vor mir öffnete sich die große, wei-te Welt. Es war ein komisches Jahr, das danach kam: traumhaft, unglaublich. Aber zu solcher Zeit, am Mittag, fühlte ich mich jeden Tag glücklich.

Die Zeit lief weiter. Viele meiner Gefährten gingen zurück, andere wurden vom Zweifel erfasst. Aber damals kannte ich schon meine zukünftige Frau. Ich war nicht allein, ich dachte, wenn eine Frau mich annahm, wird mich das fremde Land auch akzeptieren.

Unsere Hochzeit fand in Véselay statt, in jener Stiftskirche, wo der Heilige Bernhard den zweiten Kreuzzug verkündete. Ich wusste, es würde nicht leicht sein, was jetzt auf mich wartet, dass das lockere Studentenleben prompt zu Ende ginge. In den Vogesen mietete ich ein Forsthaus mit grünen Fensterläden. Auf dem Land war das Leben preiswerter, und die Universität erreichte ich von hier aus in einer guten halben Stunde ebenfalls.

Clo hatte ein weißes, vorne zuknöpfbares Sommerkleid. Sie band rotes Tuch über ihren Kopf, sie trug ihre Haare in kurzen, stehenden Zöpfen. In einer roten Opanke schickte sie ihre Mutter auf den Weg. Wir lachten noch lange darüber, dass ich meine Frau barfüßig entführte.

Dieses weiße Kleid fällt mir immer ein, jedes Mal ich an unser erstes Zuhause denke. Clos Bauch wurde immer runder, öfter knöpfte sie das Kleid an der Taille am Tag auf und zu. Sie ging watschelnd, mit dem bunten, geflochtenen Korb auf dem Arm, ins Dorf, wo der Tante-Emma-Laden schon geöffnet stand.

Unterwegs kehrten wir in die Nachbarschaft ein, um Milch zu holen, dann pflückte meine Frau Blumen. Sie wusste die Namen aller Wiesenblumen, bleuet, sagte sie stolz, marguerite, liseron! Bevor

wir zu Hause ankamen, riss sie noch ein Paar feuerroten Klatsch-
mohn vom Straßenrand ab.

Alles um sie herum war ungewohnt, Geschmack, Duft, Betonung
und Bewegung. Ich erinnere mich, ihre Beine schwollen in den roten Opanken an. Sie hatte winzige, dicke Zehen, einmal zeichnete
ich sie. Noch heute bewahre ich diese Zeichnung auf.

Vormittags kochte sie. Die Wäsche trug ich in die Wäscherei, sie
erlaubte mir, im Haus sauber zu machen, aber auf das Kochen be-
stand sie. Sie hatte ein Kochbuch, in dem sammelte sie die Kochre-
zepte. Von ihr lernte ich, was Artischocken und Auberginen sind,
aber mit einem Würfelchen Butter oder mit gerösteter Petersilie
verlieh Clo selbst dem einfachsten Essen ein neues, ungewohnt
angenehmes Aroma.

Die Auswahl der Weine fiel in meine Zuständigkeit. Von den Res-
ten des Stipendiums konnten wir edlere Getränke kaum finanzie-
ren, manchmal kaufte ich Carmoisay oder auch Pelure d´Oignon,
am Ende des Monats meistens Tafelweine mit Kronkorken in Liter-
flaschen. Aber Clo ließ es sich nicht nehmen, meine Wahl jedes Mal
zu loben. Die Weißweine kühlte sie, und zu jeder Flasche stellte sie
zwei bauchige Kristallgläser bereit.

Als sie mit dem Kochen fertig wurde, bereitete sie auf einem Tablett Oliven und kleine Salzstängel vor. Zu solcher Zeit klappte ich

auch meine Bücher zu. Wir tranken ein Gläschen Muskateller; meine Frau verstand, die alltäglichsten Momente des Lebens zur Feierlichkeit zu verwandeln. Jeden Tag stand eine frische Blume auf dem Tablett und die Musik lief, als wir uns draußen unter dem Sonnenschirm hinsetzten.

Wir besaßen kein Radio, Radiogeräte galten damals als Möbelstück. Aber ein Grammofon bekamen wir als Hochzeitsgeschenk, und Clo brachte noch eine stark abgenutzte Mouloudji-Platte von zu Hause mit. Ich hatte kaum mehr Schallplatten: Jóska Német, den Zigeunerprimas von Paris, hörte ich oder die vertonten Gedichte von Georges Brassens.

Diese Schallplatte besitze ich heute noch. Unter dem Kreuz des Südens bricht die Nacht früh ein, und ich summe auf dem Weg von der Arbeit nach Hause auf den tintenschwarzen tropischen Autostraßen Mouloudji.

Sonntags machten wir Ausflüge. Clo legte die Verpflegung in den geflochtenen Korb, kaltes Fleisch, Obst und in einem kleinen Behälter saure Soße: Dort schnitten wir die Tomaten hinein. Über Wangenbourg, von einer Lichtung aus konnte man das Rheintal sehen. Der Mittag war schon vorbei, als wir oben ankamen und unsere Decke ausbreiteten, die offensichtlich nicht für diesen Zweck gekauft wurde.

Als sie erschöpft war, benetzte kalter Schweiß die Haut meiner kleinen Frau. Der Schlaf erdrückte sie, nachdem wir die Essensreste aufräumten. So, nachmittags brach der Sonnenschein durch das lichte Laub durch. Clo atmete tief und ruhig in meinem Schoss und ich schlummerte meistens auch mit ein. Einmal wurde ich wach, weil ein großer, struppiger Milan sich auf den Ast über uns niederließ. Er wollte nichts, er schaute uns nur zu. Er saß nur traurig und einsam da.

Engenthal war ein stilles Dorf. Ich erinnere mich, dass morgens aus der Tiefe des Tals der Dunst nicht hochstieg, der Bach plätscherte kristallklar. Später saugte das Licht mit dem Dunst auch das Plätschern auf. Es löste sich im Nichts auf, wie der Traum in der Morgendämmerung, wenn die Sonne auf ihn scheint.

Amnestie

Sechs Jahren später, sieben Jahre nach dem Scheitern der Revolution, wurde sie verkündet. Es gab einige, die meinten: zu rasch. Eine Amnestie zu verkünden ist ein Brauch, den man erst dann praktiziert, wenn die Menschen durch das Warten schon gebrochen waren. Wenn das Urteil an den Verurteilten vollzogen worden war.

Andere meinten, dass diese Begnadigung zu spät komme. Nach sieben Jahren kehrten jene nicht mehr heim, die es in die Fremde geschlagen hatte. Nach dieser Zeit, egal, wohin ihr Schicksal sie hin verschlagen hatte, richteten sie sich schon so oder so ein.

Was mich anging, bei mir war es anders. Ich hörte, dass ich wegen unerlaubten Grenzübertritts zu zwei Jahren verurteilt wurde. Aber mir fiel es gar nicht ein, überhaupt zurückzukehren, deshalb überprüfte ich diese inoffizielle Nachricht nicht.

Nervig ist es, wenn einem nur so, ohne Grund, vergeben wird. Mir ging auf jeden Fall diese einseitige Beziehung auf die Nerven. Ich wurde weder von dem Warten gebrochen, noch richtete ich mir mein neues Leben langfristig ein. Ich lebte. Ich sprang nicht vor Freude an die Decke, als ich hörte, dass ich nach Hause fahren dürfte, wenn ich es wollte.

Man könnte sagen, für mich kam diese Amnestie weder zu früh noch zu spät. Vielleicht hätte ich sie auch nicht bemerkt, hätte meine Mutter mir nicht davon geschrieben. Aber der Brief kam an. Darin ein Zeitungsausschnitt, falls ich nicht glaubte, dass die, die mich damals verjagt hatten, mir jetzt vergaben.

Die spitzen Buchstaben meiner Mutter, wie könnte ich es hier verhehlen, erschütterten mich mehr, als ich die Tatsache las, dass meine Strafe außer Vollzug gesetzt wurde. Mir fielen jene frühen Zeiten ein, als ich jeden Tag am Tor stehend auf den Postboten wartete. Als ich noch hoffte, dass meine Mutter mir schriebe. Wenn auch nicht mehr darin stünde, als dass sie meine Briefe nicht erhielte. Das wäre die Erklärung gewesen. Die Angst, ganz einfach. Administrative Angst, zentral reguliert. Diese verging aber, als die allgemeine Begnadigung in Kraft trat.

Ich werde es erklären! – schrieb meine Mutter. Im Gespräch, da sie – wie sie hinzufügte – bereits die Zugfahrkarte gelöst hatte. Die erste große Anstrengung lag schon hinter mir. Jene Zeit, in der man glaubt, dass hier alle komplett bescheuert sind, da sie so anständig sind. Dass man sich hier alles erlauben kann. Mit dem Kopf rannte auch ich gegen die Wand. Ich musste lernen, dass die Wand härter ist, als ich dachte. Und mein Kopf war - allen Anzeichen nach - nicht so hart.

Schnell verging meine Lust am Lernen. Ich will nicht mehr sagen, aber fünf Vergangenheitsformen hätte ich lernen müssen, ich, der nur eine armselige Vergangenheit hatte, und wäre damit besser gefahren, hätte ich sie vergessen. Fahrender Händler wurde ich, mit der Bezeichnung „Junior Manager" auf meiner Visitenkarte. Ich verdiente mehr als meine Lehrer, selbst an meiner ersten Arbeitsstelle.

Mindestens theoretisch. Da ich die Arbeit auch nicht ganz so sehr mochte. Vor unerfahrenen Hausierern knallen die Bewohner der Mehrfamilienhäuser die Türen schnell zu, und auf dem Land hetzen die Bauern beherzt die Hunde auf ihn. Mit stetig abflauender Begeisterung sammelte ich meine Verletzungen.

Meine Ehe wurde auch – um mich präzise auszudrücken – kein ungeteilter Erfolg. Es ist wahr, meine Frau war, wie man sagt, ein gut betuchtes Mädchen: Ich konnte mich ins gemachte Nest setzen. Meine früheren Gefährten büffelten noch die unregelmäßigen Verben, als ich schon den Vizebürgermeister duzte.

Die Bürgertöchter fühlten sich aber nicht unbegründet von einem so armseligen Fremden, wie mich, angezogen. Ich hätte meine Frau aus ihrer Umgebung herausreißen und verzaubern müssen. Aber ich war kein Stammesfürst aus Afrika. Nicht einmal schwarz, bevor – wie wir es schon sahen – diese allgemeine Vergebung ausbrach. Noch dazu unterhielt mich – nach sieben Jahren – weder das Blaue noch das Rote Kreuz.

Als ich den Brief meiner Mutter erhielt, wohnte ich im Hotel Garni Anyó. Der Name bedeutet auf dem linken Ufer des Rheins: Lamm. Es war wirklich ein kleines, weißes Hotel, mit einem einzigen Gästezimmer über der Kneipe. Immer wieder ging ich hinunter, wenn mich die Einsamkeit zu sehr quälte, da Clo die Wohnung und das Kind für sich behielt.

Nach dem Bankrott des ersten Versuchs hält man erschrocken inne. Man versucht nachzudenken, wo es schief ging. Wo man alles neu anfangen sollte. Selbst ich dachte, dass ich es schon verstand. Und dann kommt so ein Brief. Diese ungebetene und ungewollte allgemeine Begnadigung.

In diesem Ganzen lag etwas Unverhältnismäßiges. Seitdem ich denken kann, reiste Mutter nie und nach nirgends. Und jetzt, nach dem Schweigen von sieben Jahren, bricht sie auf. Früher, als ich nicht wusste, was ich machen sollte, befragte ich immer meine Frau. Ich klingelte auch jetzt an der Tür der alten Wohnung. Letztendlich kommt meine Mutter zu uns beiden.

Ich war sicher, dass sie mich auslachte. Aber Clo lachte nicht.

- Man muss sie – sagte ich – an der Grenze abholen. Sie hatte die Fahrkarte nur bis Österreich lösen können.

- Tausend Kilometer! – stellte meine Frau fest. – Hält die Schrottkiste das noch aus?

- Simeon? – richtete ich mich auf.

- Hat es einen Namen? – fragte sie spöttisch.

Solange ich mit ihr lebte, gab ich den Autos keine Namen.

- Wann fährst du los? – fragte sie noch.

- Kommst du mit mir?

Sie stöhnte und antwortete:

- Ja.

So war Clo. Und so war ich. So gut kannte ich meine Frau.

Wir saßen in dem winzigen Renault, wir beide vorne und das Kind hinten. Am ersten Tag kam ich bis Wien. Meine Mutter kam am Mittag des nächsten Tages. Nickelsdorf hieß der österreichische Grenzbahnhof. Ich dachte, dort wird sie aussteigen. Aber in Nickelsdorf hielt der Zug aus Budapest nicht. Wir rasten zurück, in Richtung Bruck.

Ich erinnere mich, ich war wütend und verzweifelt.

Der Einwagenzug – durchgesagt als „internationaler Express" – hielt irgendwo an der Leita Brücke an und Mutter stieg mit viel Gepäck aus. Eine zwergenhaft kleine Dame, ein verhutzeltes Mütterchen: der einzige Passagier. Sie stand an der Böschung, dem Schaffner, der ihr herunterhalf, drückte sie mit aller Kraft etwas in die Hand.

Das Gepäck banden wir auf dem Wagendach fest. Wir hielten in Wien nicht an, mein Geld ging langsam zur Neige, und die Sonne stand noch hoch am Himmel.

- Macht nichts, beim nächsten Mal halten wir an! – sagte meine Mutter.

In ihrer Stimme hörte ich die Enttäuschung, dass sie auf diese Wiener Nacht sehr gehofft hatte.

Ohne Halt fuhr ich durch Österreich. Mutter schaute die Landschaft an, die vorbeiziehenden Alpen auf der Kinoleinwand des Kajütenfensters.

In Landeck fanden wir eine Unterkunft, denn in der Nacht wagte ich es nicht, den Arlberg Pass hochzufahren. Oben, auf unserem Zimmer aßen wir zu Abend, Mutter hatte den Proviantkorb ausgepackt.

Es war Mai, die Tiroler heizten die Zimmer nicht mehr. Clo kuschelte sich an mich. An den Duft ihrer Haut erinnere ich mich auch - nach einem knappen halben Jahrhundert immer noch. Ich wache noch heute zitternd auf, wenn ich von ihr träume. Aber damals, in jener Nacht, glaubte ich, dass nichts Besonderes daran ist, wenn ich wieder mit meiner Frau zusammen bin.

Der Inn ist ein wilder Sturzfluss, hier am Fuße des Berges. Das Dröhnen des Wassers füllt das Tal aus: Selbst die Luft zittert unter dem dunklen Felsmassiv des Arlbergs.

- Sie spricht schöner als du! - flüsterte Clo.

- Hast du sie dir so vorgestellt?

- Ich weiß nicht - antwortete sie. - Nicht ganz.

Als sie ein kleines Mädchen war, hatte sie eine schweizerische Gouvernante. Und Mutter unterbrach ihr stetiges Lernen auch später nicht. Sie paukte alle fünf Vergangenheitsformen, entschlossen und folgsam. Aber die unregelmäßigen Verben überlisteten sie doch. Nach dem Krieg arbeitete sie lange Jahre in Putzkolonnen.

- Sie hat euch erzogen! - sagte Clo.

- Sie hat mich nicht geliebt - antwortete ich. - Selbst heute weiß ich nicht, was die Liebe ist.

Wir verstummten.

- Sie liebte sogar die Vögel mehr. Winters hatten wir oft nichts zum Essen, aber sie ging jeden Tag hinaus und fütterte die Amseln.

- Was denkst du? - fragte Clo. - Warum kam sie zu dir?

- Sie will mich nach Hause zurückholen! - antwortete ich. - Nur ich verstehe das nicht, weswegen?

Wir konnten nicht einschlafen. Als die Müdigkeit uns schon fast erdrückte, weinte neben uns das Kind im Schlaf.

- Woran denkst du? - fragte ich.

- An deine Mutter - erwiderte sie. - Du gehst schlecht mit ihr um, verstehst du? Sie ist deswegen hier, weil sie dir sonst nicht zeigen kann....

- Was?

- Das, du Schlappschwanz, dass sie dich liebt!

Am nächsten Tag hielten wir noch am Pass. In der Nacht fiel Neuschnee, ich beschmiss meine Frau damit. Als wir die Rheinbrücke überquerten, brach der Abend herein. Ich fuhr Clo und das Kind nach Hause. Ich ließ sie am Tor aussteigen.

- Wir wohnen nicht hier – sagte ich zu Mutter.

Wir waren müde und meine Frau nötigte uns auch nicht gerade, zu bleiben. Später warf sie mir vor, dass ich sie nicht bis in die Wohnung begleitet hätte. Der Kleine war schläfrig, fiel hin.

- Ich hätte mir schon denken können – sagte sie bitter -, dass ich nicht mit dir rechnen kann.

Meine Mutter sagte kein einziges Wort an diesem Abend. Der Wirt stellte ein Zusatzbett ins Zimmer, Mutter schob die mit Geschenken vollgestopften Koffer darunter.

- Mein Gott! – stöhnte sie gerührt. – ein Bidet!

In der kleinen Zweiraumwohnung zu Hause gab es weder Wasser- noch Abwasserleitungen.

So fingen diese zwei Wochen mit meiner Mutter an. Die komischsten zwei Wochen unseres gemeinsamen Lebens. Mutter sprach wenig, ich fragte sie eher. Peu á peu erfuhr ich, dass sie immer noch in der winzigen alten Wohnung lebten, zu sechst, drei Generationen, mit den immerwährenden Streitigkeiten, die eine solche

Massenunterkunft doch mit sich bringt. Im Vergleich dazu war dieses Garni Hotel eine ausgezeichnete Bleibe. Das Lamm. Die Einsamkeit und die Stille.

Unten, in der Kneipe frühstückten wir.

- Wir werden heute gutes Wetter haben. - sagte Eugén, der Wirt, jeden Tag, als ich die Tageszeitungen durchlas.

- Was machen wir heute? – fragte ich Mutter nach dem Kaffee und dem Croissant.

Stück für Stück zeigte ich Mutter die Stadt. Die Kirchen, die Geschäfte. Und einmal ging mein Geld aus.

- Und was wird jetzt? – fragte sie so erschrocken, dass ich loslachte. Über meine Arbeit hatte ich ihr bis dahin noch nichts erzählt. Meine Mutter hatte keine Ahnung, wo hier, am Ufer des Rheins, das Geld herkommt.

Wir fuhren in die Vogesen, oben auf dem Berg lag ein Erholungsheim für Pädagogen.

Meine Bücher hatte ich dort auch schon früher zum Verkauf ausgelegt. Das Angenehme mit dem Nützlichen! – dachte ich, als wir das Auto vor dem Verlag vollluden.

Wir hatten gutes Wetter, die Voraussage von Eugén erwies sich als richtig. Mutter konnte spazieren gehen, während ich in der Eingangshalle die Bücher verkaufte. Bis zum Mittag kam das Geld für zwei Essensmarken zusammen, aber nach der Siesta konnte ich die Banknoten kaum noch zusammenfalten.

Zu jener Zeit machte ich die Leute mit einer Buchreihe aus zwölf Bänden verrückt. Die Klassiker der Weltliteratur in bunten Höschen, da für den Einband die Abfälle einer Damenwäschefabrik verarbeitet wurden. Einmal, als ich von dieser Hausiererei genug hatte, klebte ich mein Bild an die Stelle von Balzac.

- Aber das sind doch sie! – sagten die Leute erschüttert.

Und ich flüsterte ihnen ins Ohr, dass es sich hier um die Menschliche Komödie handele.

Der Tisch sei die Bühne und ich – wenn sie mich honorieren – könnte gar Balzac sein. Die Käufer empörten sich darüber. Aber es gab welche, die in den verstümmelten Band eine Widmung von mir verlangten.

- Teil das Geld ein! – sagte Mutter. Bis heute weiß ich immer noch nicht, ob sie stolz auf mich war oder sich für mich schämte.

- Lasst uns gleich nach Paris fahren! – lachte ich.

- Und das Kind?

An jedem zweiten Sonntag hütete ich das Kind.

- Wir nehmen es auch mit!

- Clo auch? – fragte Mutter.

- Wenn sie Lust dazu hat, dann ja.

Zu einem solchen Trip nach Paris musste ich meine Frau nie extra überreden.

Als am Ende des Ersten Weltkriegs die Entente cordiale nach Budapest einmarschierte, behandelte mein Großvater den Sohn des Generals Gamelin. Er meißelte seinen Schädel auf, damals gab es keine Antibiotika.

Nach dem Abzug der Besatzer blieben die Familien noch einige Zeit in Kontakt. Als ich vor sieben Jahren nach Paris kam, erkundigte sich der alte General nach meinem Großvater, den – da zwischenzeitlich ein weiterer Weltkrieg getobt hatte! – die Alliierten unterdessen vernichtet hatten.

Meine Mutter konnte diese Begegnung kaum noch erwarten. Vielleicht stellte sie sich es so vor, dass die Gamelin Familie uns helfen würde. Ich wusste es damals schon besser. Aus solchen Hoffnungen kam erfahrungsgemäß ein großer Sack unbrauchbarer Altkleider heraus.

Der Sohn des Generals, Jean, war irgendein Generaldirektor. Weniger hätte er nach den ungeschriebenen Regeln des Bürgertums kaum sein können. Offensichtlich befasste er sich mit dem Verlagswesen: Während das Abendessen serviert wurde, fragte er mich über die Widrigkeiten des Buchhandels aus.

Nach dem Essen zogen wir in den Salon.

- Was sagen sie zu Ihrem Sohn? – fragte dieses schädeloperierte Kind meine Mutter. – Er überlebt selbst auf einer Eisscholle! – fügte er begeistert hinzu.

Mutter wurde an jenem Abend gesprächiger. Als mein Bruder mich besuchen wollte – erzählte sie -, wurde er von der Polizei vorgeladen. Sie wollten ihn überreden, Berichte über mich zu schreiben.

- Warum kam er nicht? – grinste ich. – die Berichte hätte ich für ihn geschrieben.

- Du kennst deinen Bruder nicht! – antwortete Mutter.

Als er ablehnte, wurde ihm gedroht. Mutter wusste nicht genau, was vorgefallen war, aber mein Bruder – erzählte sie – wäre danach länger krank gewesen.

Die zwei Frauen, Clo und die Frau von Jean, zogen sich schon zurück. Clo erzählte später, dass die Gamelins ein Kind adoptiert hatten. – Sie beneiden uns – sagte sie, und wir mussten darüber lachen. Ich konnte mir nicht vorstellen, dass ein Generaldirektor wegen irgendetwas neidisch auf mich sein könnte.

Wir übernachteten im Quartier Latin, Mutter blieb bei den Gamelins. Als ich sie am nächsten Tag abholte, übergab mir der Hausmeister das obligatorische Altkleiderpaket.

Wir fuhren nach Hause. Ich trank und sang. Clo machte belegte Brote. Ich mochte diese Reisen. Von hier nach dort zu fahren und während der ganzen Nacht ertönte aus dem Radio Jazz.

Ich kannte die französischen Landstraßen gut: Ich hatte auf allen Fixpunkte. Zum Beispiel trank ich zwischen Paris und Strasbourg immer einen Kaffee in Ligny. Es gab ein Dorf in der Nähe, das mir später auch öfter einfiel: Void. Als es mich dann in die Tropen verschlug, stand auf meinem Flugticket anstelle der Rückfahrt dieses Wort.

So ging dieser Besuch zu Ende. Ich begleitete meine Mutter zum Bahnhof. Ich war beladen, wie ein Maulesel. Vor der Abreise gab Clo auch ein Kleiderpäckchen mit. Zuerst wollte ich Mutter nach Basel fahren. Früher fuhr ein Schnellzug zwischen Basel und Budapest. Aber dann ging mir das Benzin aus, es war billiger, die Bahnkarte von Strasbourg aus zu lösen.

Am Bahnsteig übergab sie mir einen Umschlag. Den Bauplan eines Hauses.

- Wir haben es uns so vorgestellt – sagte sie leise -, wenn du nach Hause kommst, baust du das auf.

- Wir hätten es besprechen sollen! – murmelte ich.

- Besprechen! – begann sie weinen. – Ich konnte nicht ein einziges Mal mit dir ruhig sprechen!

Aus meinem Zimmer räumte der Wirt das Zustellbett schon weg. Mutters Gepäck lag verwaist auf dem Teppich. Die Geschenke. Auf jedem Päckchen war penibel vermerkt worden, wem es zugedacht war.

Ich saß auf meinem Bett, schaute die zackigen Buchstaben meiner Mutter an, und es fiel mir ein, dass dies das gewesen wäre, woran ich nie teilhatte. Dass es die Amnestie nur drüben gab. Bei mir gab es sie nie und wird auch nie Gnade geben.

Die fremde Frau.

Im Schatten der Palmen, wo ich lebe, erschallt aus dem Radio am ganzen Tag ein Werbelied. Das Liedchen prahlt damit, dass auf dieser Insel ein gastfreundliches Volk lebte. Die Eingeborenen singen es freilich, um sich selbst zu überzeugen, da kein Fremder ihre Sprache versteht. Dass man hier geliebt würde, bemerkte selten ein Zugereister. Diese ist eine verschlossene, unnahbare Gesellschaft.

Die Konquistadoren finden ihre Rolle schnell. Vielleicht deshalb, weil hier Männermangel herrscht. Die Einheimischen legen wörtlich genommen die Hand auf sie. Aber die Frauen ertragen es hier nicht lange. Das Leben einer fremden Frau gleicht der Hölle auf der Insel.

Es fängt damit an, dass die Männer vor ihnen Angst haben. Die Wagemutigsten spähen sie nur aus, wenn sie ohne Büstenhalter baden. Andererseits, wenn sie doch zusammenfinden, sind die Böcke krankhaft eifersüchtig.

Sie haben gute Gründe dazu. Wenn sie ihre Angst überwinden, kommt die nächste Überraschung: Wie man das liebevoll sagt, sie sind heißblütig. Bis sie ihre Hosen ausziehen – bezeugt eine farblose, nördliche Amazone –, geht die Liebe schon zu Ende.

Noch dazu wurde das Tropenvolk nicht gerade mit viel Fantasie gesegnet. Sie lieben die vollen Formen: zitternde Hüften und gewaltige Busen. Wir müssen zugeben, dass die weißen Mädchen im Vergleich zu den Eingeborenen spindeldürr sind.

Dass sie klug sind, gräbt ihnen das Wasser zusätzlich ab. Nirgends lieben die Männer die klugen Frauen. Aber hier noch weniger.

So ist es vielleicht doch verständlich, warum so wenige Fremde an den warmen Meeren leben. Einsame Männer eher. Aber eine Frau wartet es meistens nicht ab, bis sie allein bleibt. Sie packt alles zusammen, nachdem sie den Preis der Schiffspassage zusammen hat.

Genovéva war die einzige Ausnahme. Die französische Frau, die hierblieb. Die hier auf der Insel ihr Leben verbrachte. Nicht, dass sie sich zurücksehnte. Vielleicht selbst zu jenen Zeiten auch, als ich sie kennenlernte. Und das liegt schon mehr als dreißig Jahre zurück.

Wir waren neue Einwanderer, typische Europäer: ein bisschen Entschlossenheit, viel Naivität und drei Kinder. Genovéva gehörte schon damals zu den alten Siedlerinnen. Ein eingeborener Arzt war ihr Mann und sie hatten auch schon drei Kinder. Sie wurden unsere ersten Freunde. Die zwei Frauen verstanden sich, sie hatten Gelegenheit, ihre Muttersprache zu üben.

Manuel, den Arzt, mochte ich auf Anhieb. Er war ein sanfter, trauriger Mensch, sprach wenig und leise: Die Indios sind nicht geschwätzig. In einem Kinderkrankenhaus arbeitete er. Ich erinnere mich, einmal nahm er mich mit und zeigte mir, was man in der Fremde meistens nicht kennt: die in lange Zimmer gesperrten, sterbenden Eingeborenen.

In jenen Zeiten lud uns Genovéva oft ein. Manuel kam gewöhnlich spät nach Hause, meistens saßen wir schon am Tisch und aßen, als er ankam. Wir, wenn wir es uns erlauben konnten, fuhren ans Meer. Meine Frau war schon brauner als die Ureinwohner.

An jenem Abend erlaubte sich auch Genovéva eine Handfläche großes Dekolleté. Na, nicht große: eine klitzekleine Nacktheit. Ich erinnere mich, sie war schüchtern und trotzig. Ich konnte meine Augen von ihr nicht abwenden.

- Knöpf dein Hemd zu! – rief ihr Manuel zu, der an jenem Tag auch spät nach Hause kam.

- Warum soll sie sich zuknöpfen? – neckte meine Frau.

- Du bist keine Touristin! – sagte Manuel, und das war letztendlich ein Kompliment. Das bedeutete: Du bist nicht ganz fremd.

In Paris schluckt man so etwas nicht einfach hinunter. Manuel, der Arme, wusste nicht, dass er an jenem Abend der einzige Fremde war.

Es geschah noch etwas an diesem Abend. Wir unterhielten uns lang, und nach Mitternacht weinte das Kleinste, fing das dritte Kind im Schlafzimmer an zu weinen. Es weinte komisch, wimmernd, wie ein Tier. Es war noch nicht zwei Jahre alt, aber doch! Ich war sicher, dass der kleine Laurent krank war.

- Ihm fehlt gar nichts! – winkte seine Mutter ab.

Man durfte es nicht einmal erwähnen, dass das Kind behindert war.

Genovéva erzählte später ihr Leben. Sie kam mit kaum zwanzig nach Paris, und dort, in der Großstadt, hatte sie irgendeinen Unfall. War es eine Fehlgeburt, eine Abtreibung oder ein Selbstmordversuch? Ihren Mann lernte sie schon im Krankenhaus kennen.

Sie hatten gute Gründe, zusammenzuhalten. Manuel brach mit seiner Umgebung, als er mit einer französischen Frau an seiner Seite zurückkehrte. Und die verdankte alles, ja, alles, ihrem Mann.

Aus so einer Lage geht meistens nichts Gutes hervor. Aber was wussten wir damals darüber, mit dreißig, Neutropianer.

Genovéva war – wie man es hier sagt – ein schwieriger Mensch. Um ein Beispiel zu nennen: Sie wollte unbedingt spazieren gehen. Sie konnte es nicht verstehen, dass die Frauen hier allein nicht ausgehen. Die Eingeborenen verstehen es nicht – erzählte sie –, dass jemand ein Privatleben haben kann.

Meine Frau besuchte sie weiterhin, ich verbrachte die Wochenenden in Manuels Gesellschaft. Wir besuchten sogar das Stadion. Er verstand es nicht, dass ich die Regeln des Meta – wie er sagte: Ein uraltes Indianerspiel – nicht begriff.

Wir stritten viel. Die Anhänger der Unabhängigkeit – und Manuel gehörte dazu - machten die Amerikaner für das ganze Elend der Insel verantwortlich. Auf der anderen Seite fühlten sie sich als Kolonie sehr wohl: Kaum vier Prozent der Stimmen erhielten die Nationalunabhängigen bei den Wahlen. Sein Vertrauen verlor ich, als ich ihm meine Meinung über diese komische Schizophrenie erläuterte.

Wie es sich später herausstellte, die nördlichen Amerikaner interessierten sich schon zu jenen Zeiten für mich. Meine Post wurde geöffnet, meine Telefone wurden abgehört. An der Universität streuten sie das Gerücht, dass ich ihr Agent wäre. Es war ja keine vornehme Lösung des Problems, aber diese gehörte auch zu ihren Praktiken.

Am Ende des Schuljahres gab mir meine Arbeitsstelle ein Stipendium. Das war die übliche Methode zur Vertreibung. Sie waren sicher, wenn sie mich in die Alte Welt rüberschicken, melde ich mich nie wieder. Nachdem ich promovierte, wollte mich die Universität nicht mehr.

Zwischenzeitlich vergingen drei Jahre. Als ich zurückkam, gingen selbst die Spuren von Manuel verloren. So lange konspirierte er, bis ihn ein Blaustrumpf schnappte.

Wenn die Veteranen der Unabhängigkeit vor viel Konspiration müde werden, verlegen sie ihr Hauptquartier nach Norden. In die Hauptstadt des Reiches, wo sie ihre Unabhängigkeit ungestört genießen können.

Genovéva nahm die Scheidung mit. Sie wurde von den Revolutionären befreit, sie kochte für sie genug, während die nur ihre durchgeknallten Pläne auskochten. Sie dachte, nichts bindet sie mehr an diese Insel. Sie begriff es schwer, dass ihre Kinder Eingeborene waren. Dass sie die drei Kinder weiterhin hier erziehen musste.

In solchen Situationen begreift man, dass es keinen Rückweg gibt. Dass alles das Ergebnis persönlicher Entscheidungen ist und kein Schicksalsschlag. Und die Träumereien überflüssig sind.

Damals trank sie immer mehr. Sie war starrköpfig und unberechenbar: Selbst das Französische Institut interessierte sie nicht mehr. Auf ihre Landsleute war sie auch nicht mehr neugierig, deren Schicksal sie teilte. Sie werden komische Hybridgestalten, erfolglose Eingeborene und erfolglose Weiße. Doch sie, Genovéva, blieb eine Pariserin aus Fleisch und Blut.

Die Kinder wuchsen auf, Carlos, der Älteste wurde auch schon verhaftet. Er war Trotzkist - sagte seine Mutter über ihn -, und das bedeutete so viel, dass sie die aufmüpfigen Kleinbürger tief verachtete. Er wanderte nach seinem Vater aus, aber später erschien er wieder. Solche Lebensläufe sind nicht zu beneiden. Solche Kinder erleben nicht einmal eine Familie, geschweige denn Volkszugehörigkeit oder Heimat. Es ist ein pures Glück, wenn sie ihre Muttersprache kennen.

Ich hatte genug Zeit, über solche Dinge nachzudenken, als eines schönen Tages auch meine Frau fortging. Aus unseren Kindern wurden noch keine Eingeborenen und sie nahm die drei Kinder mit.

In dem alten Gebäude mietete ich mir eine Wohnung, aber das erleichterte den Übergang auch nicht gerade. Es war schwer zu sehen, dass um mich herum sich nichts änderte, nur meine Familie war nicht mehr mit mir. Sonst lebte ich das Leben der verlassenen Männer, ich schrieb Briefe und zahlte den Unterhalt.

Ich hatte ein Bett. Nachmittags ging ich arbeiten, morgens lag ich nur auf der Spitzendecke des Familienbetts, über das ich die Laken lange nicht mehr wechselte.

So träumte ich auch, als einmal Genovéva hereinplatzte.

- Darf ich herein? – fragte sie heiser.

Sie war duftend und feuerrot. Wir tranken ein Glas Wein, ich zog ihr das Kleid aus. Sie wehrte sich nicht, als ob sie den Vorgang noch beschleunigen wollte. Und ich – ich blamierte mich. Ich kannte die Natur der Monogamie noch nicht: Ich glaubte, dass ich so, von einem Tag auf den anderen mit jemanden zusammenkommen konnte.

Darüber konnte Genovéva auch nicht viel wissen. Mit verbissener Mühe schlängelte sie sich um mich herum, begeistert ächzte und stöhnte sie. Sie hatte hochstehende, trotzige Busen, ich stellte sie mir an jenem Abend ähnlich vor, als sie den Knopf offenließ.

Wir zogen uns an, tranken den Wein aus. Über das verbitterte Ringen konnten wir doch noch lachen. Die Frau kam von ihrem Hausarzt zu mir herüber. Auf ärztlichen Rat knöpfte sie mir die Hose auf. Amerikanische Methoden! – sagte sie jetzt. Wenn wir es noch nicht gewusst hätten, hätten wir jetzt feststellen können, dass wir keine Amerikaner waren.

Später hatte ich noch einen solchen Fall. Ein vollbusiges, kanadisches Mädchen dirigierte meine Manöver mit einem offenen Buch in der Hand. Aber mehr Erfolg bescherte mir dieses Liebesfachbuch auch nicht.

Ich unternahm keine weiteren Versuche, ich beschloss zu arbeiten; ich schreib mein Leben auf, wenn es schon so kurz-komisch endete.

Genovéva wurde meine Lektorin, da ich bis dahin auch ziemlich schlampig wurde: Ich vermischte die Sprachen und die Kontinente. Meine Freundin – wie ich es schon erwähnte – blieb eine verwurzelte Pariserin. Sie verschanzte sich hinter Wörterbücher und Lexika und so, mit dem Bleistift im Mund und mit Brille auf der Nasenspitze, korrigierte sie meine Manuskripte.

- Wissen Sie eigentlich, wer die heilige Genovéva war? – fragte ich einmal.

- Irgendeine Französin – antwortete sie zerstreut. – Sie rettete Paris. Vor wem? Das schauten wir nach. Vor den Hunnen, Attila. Mit ihren Ratschlägen und Gebeten – teilte der Text uns mit.

- Wie du mich! – sagte ich ihr dann.

Sie errötete. Dies war die einzige Gelegenheit, dass ich ihr eingestehen konnte: Ich verdankte ausschließlich ihr alles.

Es wäre schön, zu wissen, ob diese Bemühung ihr auch etwas geholfen hätte, aber sicher darüber bin ich bis heute nicht. Sie zog sich an ihren eigenen Haaren aus dem Sumpf heraus, wie Baron Münchhausen. Wie die starken Menschen. Damals lag der Leidensweg der Anonymen Alkoholiker hinter ihr. Sie rauchte, wie ein schlechtes Ofenrohr und von morgens bis abends brühte sie Kaffee, aber Alkohol hat sie nie wieder angerührt.

Wir beide waren wohl sehr einsam damals. Der kleine Laurent lebte mit seinem Vater im Norden, und die beiden Größeren schämten sich, dass ihre Mutter eine Fremde war.

Eines schönen Tages platzte der kleine Laurent herein. Sein Vater schickte ihn fort. Er sagte nichts, mit dreißig ist er das geblieben, was er war. Ein stilles, trauriges Kind.

- Was kann ich mit ihm anfangen? – lamentierte Genovéva.

Mit Laurent konnte man wirklich nichts anfangen. Er besuchte die Abendschule und fand eine Anstellung als Zeitungsausträger. Wo er – wie man es sagt – kein Wässerchen trüben konnte. Wenn er zu Hause war, sah er fern und lachte laut dabei.

Genovéva wurde Mitglied einer Glaubensgemeinschaft. Sie besuchte Kranke. Sie sprach darüber nicht, aber ich merkte, gerne tat sie das. Ihr Sohn war für sie in dieser Umgebung auch nichts mehr, als ein kranker Mensch noch weniger.

Vielleicht gehörte ich auch dazu. Zu jener Zeit schrieb ich bittere Geschichten, sie konnte meine Erzählungen nicht lieben. Egal, wie es war, sie erledigte ihre Aufgaben. Sie erwartete dafür weder Anerkennung noch Dankbarkeit.

Und sie, die Arme, erhielt sie auch nicht: Wenn ich nachdenke, versuchte ich mich bei ihr zwei Mal nützlich zu machen. Einmal baute ich ihr ein Regal zusammen, ein anderes Mal ging ich für sie einkaufen. Zwei kleine Gesten in zwanzig Jahren.

Die Zeit verging, ich kam auch zu mir. Der Sumpf verschluckte mich auch nicht. Ich hatte einen Sohn, eine Frau: Ich zog mich auch an meinen Haaren aus dem Sumpf.

Ich nahm Genovéva immer weniger in Anspruch. Meine Frau war jung und kannte mein früheres Leben nicht. Die Welt änderte sich auch: Seit einiger Zeit werden meine Bücher auch in meiner Muttersprache verlegt. Die Verbannung ging zu Ende. Wer hätte es gedacht, dass dieser lange, dunkle Tunnel auch Mal ein Ende haben konnte.

Genovéva! Ich hätte sie besuchen müssen. Es wäre nur eine kleine Bewegung gewesen, das Telefon lag immer wieder in meiner Hand. Aber mir taten entweder die Augen oder die Beine weh. Dass ihre Tunnel nie zu Ende gehen würden, fiel mir nie ein.

Zuletzt hörte ich ihre Stimme vor einem Jahr. Ich erzählte ihr mein Leben.

Und jetzt fegte ein Hurrikan durch die Insel. Die Menschen gehen in diesen Situationen zu ihren Freunden und umarmen sich. Ich rief sie an, sobald ich wieder ein Telefon hatte. Aber am anderen Ende der Leitung empfing mich nicht sie, sondern Laurent.

- Sie liegt im Koma! – sagte er, und die Stimme überschlug sich in seinem Hals.

Mehr konnte ich aus ihm nicht herauslocken. Er wimmerte, wie damals, als er zwei Jahre alt war.

Zu Carlos, dem ältesten Sohn, flüchtete sie vor dem Hurrikan. Ihr Herz blieb zweimal stehen – sagte Rosita, die Tochter. Wir standen vor dem Krankenhaus, dem alten Haus gerade gegenüber, wo einst Manuel und Genovéva wohnten.

- Wo sollen wir sie begraben? – fragte mich diese schöne, große Frau, die in der abendlichen Dämmerung ganz ihrer Mutter ähnelte.

- In ihrem Dorf - sagte sie noch – kenne ich niemanden.

- Doch hier! – und sie lachte.

Na ja. Genovéva blieb bis zuletzt die, wer sie war. Eine einsame Fremde. Sie hatte niemanden, wenn man diese drei kleinlauten Kinder hier nicht mitzählt.

- In Paris? – fragte das Mädchen.

Paris war der einzige Platz in dieser Welt, den sie mochte. Doch kehrte sie dorthin nie zurück.

- Lasst sie doch einäschern! – zog ich meine Schultern hoch.

Bin ich ein Glückspilz? Ich brauche meine Texte nicht mehr zu übersetzen.

Ich schaue auf mein Leben

Es ist keine Blendung, keine Illusion, kein tropischer Traum mehr. Mit Händen greifbare, sachliche Wirklichkeit: All das, was von einem Menschen übrig bleibt.

Was ich jemals für wertvoll oder wichtig hielt, in Buda, im Rheintal oder in den Tropen. Und was sich für ziemlich unbedeutend erwies, wie man es sieht! Niemand braucht sie: Sie bleiben auf meinen Regalen.

Vier weiße Messer mit Knochengriff: In Dijon kauften wir sie. Wir konnten etwa zwanzigjährig gewesen sein: Das ist etwa vierzig Jahre her. Einige alte Geschenke: ein blau gepunkteter Seidenschal, ein hellgelber Hornkamm. In jenen Zeiten wurden die Gebrauchsgegenstände noch nicht aus Kunststoff gefertigt.

Die Zeichnung des Heidelberger Riesenfasses auf einem Weinglas: Daraus tranken wir die weißen Neckarweine. Es war Mittag, im Tal lichtete sich schon der Nebel, sanft schien die Sonne in den Klosterhof hinein.

Dann dieser holzgriffige Korkenzieher. Wie blieb er hier? Vielleicht weil er einen so starren, schlechten Griff hatte. Wie oft nahm ich ihn in den letzten vierzig Jahren in die Hand!

Die Bücher wurden draußen auf dem Regal aufgereiht. Spitze Buchstaben alter Gefährten stehen auf dem Titelblatt. Mit der Zeit blieben sie mir fort, einer nach dem anderen. Hier, in diesem Zimmer, sind schon alle tot.

Einige knatternden, alten Schallplatten. Brel, Brassens. Neben ihnen funkeln die Betonstatuen von Pátkai in der Sonne. Mit Raupenbaggern verputzen sie die Franzosen von den öffentlichen Plätzen. Oben, im Kajütenfenster einer Passagiermaschine winkt der Heilige Prinz Emmerich: Géza Thinsz nickt.

Aus verstaubten Turmzimmern landeten sie hier, in Häfen lagen sie herum, in verschimmelten Kellern hat sie ein heute schon namenloser Freund aufbewahrt. All das, was ich ein halbes Jahrhundert lang mit mir schleppte, wie müde Flüsse ihr Geröll.

Deutsche, Franzosen, Spanier, Tropianer. Sie kennen nicht einmal einander. Neben dem Korkenzieher geniert sich das konchengriffige Messer, der Rundplatz lacht die funkelnde Betonplatte auf dem Bild aus.

In einer kleinen, weißen Schatulle liegen die Eheringe: ein silberner und ein goldener. Irgendwo in der großen Welt bewahren zwei Frauen ihre Paare. Und eine kleine Karte, die man am Revers befestigt. Der Name des Dorfes steht darauf. Der Platz, wo ich mich einmal irrtümlich zu Hause fühlte.

Demnächst aber wird dieses mein Zimmer. Ich sitze dem Licht gegenüber, ordne meine Sachen.

*

Kleinigkeiten, dutzende, viel gereister Plunder. Sie sind erbärmlich. So, nebeneinander, sind sie mir trotzdem irgendwie wichtig. Sie bieten Halt: Man nimmt sie in die Hand, möglicherweise passen sie noch hinein. Vielleicht erklingt einer gleich: Bricht in ein Lachen oder eben in Weinen aus.

Es gibt darunter welche, die ich der ganzen Welt mit mir schleppte. Wie die Ästhetik von Milan Füst, dieses große, muffige Dekameron. Die alte, gewichtige Stoppuhr, die ich vor einem Kino von einem Russen bekam. Goldblatt, Ungvár – gibt die verblichene Aufschrift bekannt. Daneben das Busfahrerabzeichen. Es funkelt, wie die Tapferkeitsmedaille auf der Brust der Veteranen. Letztendlich ein leicht zerfranstes, gelbes Bild: meine Mutter in Uniform, mein Vater im Rollstuhl.

Dann gibt es einige Sachen, die zu Hause auf mich warteten, die weder am Flohmarkt, noch im Pfandhaus verwertbar waren. Ein hundertjähriger Mandelbaum. Kleine, dunkle Granatensplitter im Schreibtisch meines Vaters. Die schattige, alte Straße unter dem Fenster. Oben, in der Laubkrone zwei kahle, winzige Gipfel.

Elfengras und Marienflachs streichelt der Wind über sie, Riesen-wurzel ernähren die kümmerlichen Setzlinge. Frühjahrs öffnen die Schusterblumen ihre gestreiften Kelchblätter am Fuß der Gipfel.

In den Tropen, woher ich komme, haben Bäume keine Wurzeln. Die Pflanzen drehen sich aus dem lockeren Boden heraus, sobald Wind aufkommt. Niemals verstand man, warum ich meine Wur-zeln so behütet hatte.

Und zuletzt blieben alle Dinge übrig, die nur die Erinnerung auf-bewahrte. Das Soldbuch, der Personalausweis. Die erste Vulkanfi-berhandtasche, die ich noch in Wien kaufte, am Westbahnhof. „Lass eingravieren: Gyurka´s!" – sagte zu diesem silbernen Ovalta-blett mein Vater. Er lachte vor Freude, dass ich von ihm auch etwas erben konnte, alle lachten um ihn herum, die vielen glatt rasierten Irren.

Unzähliger, komischer, viel gereister Plunder. Was ich in einem halben Jahrhundert zusammengesammelt hatte. Sie stehen für sich, wie der Altar. Sie betrachten einander gegenseitig. All das warst du? – fragten mich die Frauen mit Abscheu.

Inventur müsste man machen, um diese Ausstellung aufzuarbei-ten. Da diese hier, sind wunderbare Sachen. Es ist nur eine Frage der Zeit, dass sie ertönen. Sie sind Bojen, mit festen Ankern. Sie helfen, mir zu berechnen, wo ich eigentlich bin.

*

Es ist hier noch nicht die Wahrheit. Ich schwebe, im Halbschlaf, in der Höhe von dreißigtausend Fuß. Ich merke nicht einmal, wenn die Luft um mich herum in Bewegung gerät. Um halb acht schreiten Gymnasiastinnen die Straße entlang. Etwas später klackernde Stöckelschuhe: Jemand rennt. Die Vögel bewegen sich, ein Pepita Specht klopft unter dem Fenster.

Nach Baden-Baden kam die Sonne für einen Moment heraus. Ich sah Straßburg, den Turm des Münsters. Für einen Moment kam es mir so vor, als ob ich immer noch dort, an der Kathedrale lebte. Das war ich auch, ja. Der Neophyt, der dachte, wenn er sich irgendwo niederlässt, findet die Verbannung ein Ende.

Nach Annemasse windet sich die Bahn über dem Spiegel des Sees. Die Lösswände der Hügel verdecken die Alpen. Vor winzigen Bahnhofshäuschen bremst der Zug, bunte Kühe grasen unter der Böschung. Von Zeit zu Zeit ist der Wasserspiegel zu sehen. Das Licht funkelt, eine Lerche klappert am Himmel. Dann stöhnt, ruckt die Wagenreihe.

Seit einiger Zeit rast der Zug immer mehr, und immer seltener hält er an. Der Turm von Saint Emiland erwarte ich seit Lyon. Ich sehe noch, hier wohnten wir, an diesem Waldweg. Die zwei Türme am Horizont stehen in Épinac.

Paris packt mich manchmal noch am Hals. Saint Sulpice, das Hotel Studio, am Sonntagmorgen, wenn im Lateinviertel die Glocken ertönen. Das war ich auch. Bei Palaiseau lebt noch mein Schwiegervater. Ich ließ mich nicht ausplündern.

Der Winter ist noch nicht vorbei. An der Ecke der rue Vaneau liegt der Friedhofsduft der kalten Blumen in der Luft. Kryptendämmerung: Die Sonne kann die Wolken nicht durchbrechen. Wo blieben die lauten, lustigen Gefährten ab? Claude, mit dem wir in der Markthalle die Waren räumten, Peti Latzkó, der Übersetzter von Brassens, und all die anderen, deren Erinnerung in den engen Straßen der Linken Seite zerfloss.

Ehemals kaufte ich hier, im Garages Batelières die Bücher. Damals setzten sich die Eltern von Zoltán auch in den Laden hinein. Zwei weißhaarige, kleine Alte. Der winzige Laden hat schon einen neuen, französischen Besitzer.

Später arbeitete ich bei Onkel Nathan, unter der Anweisung von Herrn Marsil verkaufte ich die Klassiker. Eines Tages rief mich der Chef zu sich. „Wissen Sie, was das Geheimnis des Erfolgs ist?" – fragte er. Ich wusste nicht. „Der Anstand" – klärte mich der alte Händler auf und betätschelte mein Gesicht.

Mein Verleger, der Verleger von Céline und Cendras, residierte in der rue Amélie. Ich kannte alle Hotels an der rue Surcouf, László Gara, der Sankt Peter Kirche und Gros Caillou. Nicht ein einziges

Mal begegnete ich Robert Kanters, dem gefürchteten Kritiker oder Maurice Nadeau. Colette Audry, Georges Piroué: All die, deren Namen ich nur aus den Schaufenstern kannte.

Dann zog Denoël in die Innenstadt. Daran konnte ich mich noch gerade gewöhnen. An der Ecke der rue Beaune war ein Bistro, dahin ging ich oft. Aber die Hotels waren hier teuer. Weiterhin schlief ich in der Gegend der rue Amélie und morgens näherte ich mich zu Fuß dem Quartier Latin.

Und jetzt, der dreizehnte Bezirk! Hierher schicke ich meine Manuskripte ausschließlich per Post. Ich werde es nie erfahren, ob es preiswerte Bristros unterhalb der Türme des Palace d´Italie gäbe.

*

Die Glocke läutete, die Gymnasiastinnen tanzen die Straße entlang. Ich schenke mir ein Gläschen ein und höre Musik.

Irgendwie werden sich neue Gewohnheiten herausbilden, die Ordnung stellt sich um mich ein. Letztendlich wartete ich seit vierzig Jahren darauf. Vielleicht sind dieser Garten und diese Stadt mir ungewohnt. Aber keinesfalls fremd.

Unter den Fliederbüschen von Großvater hecheln Igel. Vielleicht dieselben, die ich in meiner Kindheit fütterte: Die Igel leben lang. Zu Tagesanbruch spaltet das Pfeifen der Amseln die Dämmerung, frühlings knattern auch auf den Gipfeln die Nachtigallen. Ehemals schreckte ich sie unterwegs zur Remise gehend auf.

Hier ist der Dornendreher auch noch. Er spießt die Ungeziefer auf, wie ich meine Erinnerungen. Im Herbst bohrte sich Tobi, die Schildkröte, in das dürre Laub. Ich erinnere mich, im Herbst 1945 erschien sie zum letzten Mal. Danach zog sie auf den Berg – so sagte unsere Mutter. Vielleicht lebt sie noch dort: Der alte Garten von Großvater ist mittlerweile ein Naturschutzgebiet.

Ich schaue auf die Vergangenheit. Was für eine Verschwendung! Die zentnerschweren Ordner des Pressedienstes, um ein Beispiel zu nennen. Zusammengeschnittene, abgestempelte Papierfetzen. Dreißig Jahre lang sammelte ich sie. Durch die halbe Welt schleppte ich sie mit mir. Mir fiel nie ein, dass ich nur das Echo, dieses große Nichts, schleppte. Und das, dass ich diese Artikel nie wieder durchlesen werde.

Zu anderem Male schaue ich mir die Fotoalben an. Elf Hefte, ich gab sie nicht her, vergebens bat die französische Frau um sie. Dieser war ihr letzter Wunsch, als sie allein blieb. Ich erniedrigte sie noch einmal, zuletzt. Ich nahm sie ihr weg, was aus unserem Leben übrig blieb.

*

Unsere ersten Bilder schoss József Lajos – er besaß eine gute Kamera, eine Zeiss Ikon. Als er einmal in Not geriet, verkaufte er sie mir. Später beging er Selbstmord. Die Kamera gab ich an Balázs Varga weiter, vielleicht ist sie noch in seinem Besitz.

Auf den Aufnahmen kann meine Frau höchstens achtzehn sein. Wir posierten vor der Sankt Pauls Kirche, den Wintermantel von Herrn Hamelin zog ich an, ein kaum benutzter Anzug, den er mir noch in Lyon schenkte. Die Sonne brannte kräftig, am Bordstein ein langer, weißer Fleck: Was von dem gestrigen Schnee zurückblieb. Auf dem Bild finde ich noch Lajos´s Schatten.

Die Details winden sich: Es lohnt sich, die Alben durchzublättern.

Hier reihen sich zum Beispiel alte Domizile auf. Engenthal, Köln, Dijon. Daneben, eins nach dem anderen: die Autos. Der 1935er Topolino, der Wagen meines Vaters, der schwarze Citroën, mit dem die Gangster in den Filmen von Jean Gabin grassierten. Die ersten Reisen: die Alpen, das Meer. Eine Pilgerfahrt zur Grenze: ein paar Melodien. Bewegungen.

Harfensolo im Hof der Kufsteiner Burg, die ersten Schritte meiner kleinen Tochter, bevor ich sie in meine Arme schließe. Wir sitzen um den Tisch, schöne, große fünfköpfige Familie. Ich trage, schleppe sie mit mir herum und sie gehen hinter mir her, im Schnee, Schlamm und Sand.

Selbst die alte Heimat besuchten wir nach vierzehn Jahren Quarantäne. Das aber war doch nicht richtig. Noch ein Fehler. Meinen zerlumpten, alten, gelähmten Vater zu besuchen, die Enkelkinder in der Reihe aufzustellen und zu sagen: Das ist hier eure Heimat. Und ich gehörte hierher, ja, hierher und nicht zu euch.

Seit dieser Zeit erscheinen in den Alben die Haustiere. Désiré, der Welpe meiner Tochter, Bundi, der stierkalbgroße Komondor, Mimosa, aus der – wie man sagt – eine Wildkatze wurde, als sie allein blieb. Dann reißt der Film ab. Nach paar Jahren Ausfall gehen die die Alben mit den Besuchen der Kinder weiter.

Damit ich sie doch nicht vergesse: Meine Schriften stehen hier, auf dem Regal. Dutzende Bände. Und die Alben, nebeneinandergeklebt, wie die Fliegen auf dem Leimpapierstreifen.

*

Heute, nach langen Jahren träumte ich wieder, dass ich hier bin. Nicht anderswo und nicht unterwegs. Komisches Gefühl, unglaublich. Ich setzte mich raus, vor das Fenster, hier arbeite ich auch wie in den Tropen früh morgens. Auf der Straße gehen die Mädchen vorbei, über Kelenföld geht die Sonne auf.

Warmer, betäubender Traum war es, sanfter, sich wellender Zauber. Es kamen darin keine Worte vor. Nur das wusste ich, dass sie angekommen ist. Sie kam zurück, ist hier, in der Stadt, in der Straße, unter meinen im Goldlicht badenden Obstbäumen.

Ich hörte ihre Stimme, sie sagte etwas, sie trug ein gelbes Kostüm und einen koketten kleinen Hut. Und dann verflüchtigte sich der Traum. Aus solchen Blendungen bleibt am Morgen nur ein Duft: die Erinnerung des Glücks.

Ich koche mir einen Kaffee, öffne das Fenster. Vielleicht sitzt sie im Garten. Vielleicht kommt sie mir auf einer Nebengasse entgegen. Wenn sie nicht hier, im Auto, neben mir sitzt. Sie saß schon neben mir, nicht nur einmal. Meistens vormittags, so gegen elf Uhr, wenn auch schon der Schnee unter den Gärten zu schmelzen beginnt.

Es ist Mittag: Im Tal der Saône scheint die Sonne blass. Als ob für einen Moment die Vergangenheit zurückkehrte: Brassens brummt und Brel schluchzt in dem Auto. Na ja: Ich beging den größten Fehler, den ein Mensch nur begehen kann. Freudlos lebte ich mein Leben, lieblos und einsam.

Zu solcher Zeit, um Mittag, fühle ich mich doch beinahe gut. Schon eine halbe Tagesarbeit liegt hinter mir, und das ist selbst dann ein angenehmes Gefühl, wenn ich keinen einzigen brauchbaren Satz an einem halben Tag finde. Ich stehe auf, schaue durch das Fenster. Das hier, um mich herum, wäre also die Wirklichkeit. Das Haus, der Garten, die Stadt, wo ich geboren wurde und wo ich jetzt erneut Fuß fasse. Alles ist komisch: halbschlafmäßig, unglaublich.

Fast alles. Nach einer so langen Abwesenheit fällt es schwer, die Wirklichkeit und die Träume zu trennen.

Ich ordne meine Sachen. Neben dem Korkenzieher genieren sich das knochengriffige Messer und die Bücher: Deutsche, Franzosen, Spanier, Tropianer. Sie betrachten einander gegenseitig. Viel komischer, vielgereister Plunder.

Die Glocke läutete, die Mädchen tanzen die Straße entlang. Ich schenke mir ein Gläschen ein. Die Sonne leuchtet durch das Fenster herein.

Heimwärts

Die Reisetagebücher von Ervin Lázár lese ich. Sie erzählen von der Heimkehr, den unmöglichen und doch immer wieder versuchten Reisen in das Paradies der Kindheit. Da, in Alsórácegres, war die Pußta weder damals noch später ein Paradies.

Der Ausgewanderte geht, schreitet fort. Und wartet darauf, dass hinter einer Kurve einmal eine bekannte Brunnensäule oder ein Hausdach erscheint. Das Bild, das er während seiner langen Wanderung mit sich trug.

Beim Lesen des Textes durchlebe ich den Schmerz aus der Ferne. Das, was lange Jahre die Quelle der Kraft war, ist zerronnen. Fällt es mir überhaupt ein, wo diese Landschaft meines Lebens liegt? Die Pußta, wohin ich jedes Jahr aufbreche. Gibt es sie überhaupt? Oder habe ich selbst in meinen Träumen kein Zuhause mehr?

Ausgeschlossen! - Wiederhole ich immer wieder. Der Reihe nach nehme ich mir die Orte vor, wo ich mir ein Zuhause zu bauen versuchte.

„Rácegrespuszta" - schreibt Ervin - „wenn es jemand nicht wüsste, liegt mitten in der Welt." Für mich ist die Mitte der Welt ein Aprikosengarten. Der Allersberg auf der Budaer Seite in Budapest, wo mein Urgroßvater ein kleines Häuschen gebaut hatte. Hier lag das

Paradies meiner Kindheit, von hierher vertrieb mich der Weltkrieg, von hierher floh ich nach der Niederschlagung der Revolution. Und jetzt warte ich ebenfalls hier darauf, dass ich im benachbarten Friedhof Wolfswiese verscharrt werde.

„Welche Probleme habe ich mit meinem Vaterland?" - denkt der Schriftsteller nach. „Keines. Ich habe mit der Beziehung zu meinem Vaterland ein Problem. Mit mir selbst." Na ja, so ist es. Mit dem Allersberg und mit der Wolfswiese habe ich keine Probleme. Kann ich mit der Gegenwart mich nicht anfreunden? Mit dem hier und jetzt? Das ist aber doch nicht ganz wahr. In manchen schlechteren Momenten denke ich doch daran.

In meinem Traum breche ich auf. In welche Richtung, wohin? Mit zwanzig ist der Mensch ungeduldig. Längere Zeit blieb ich an einem Ort nicht: Auf drei Kontinenten versuchte ich, mir in einem halben Jahrhundert lang ein Zuhause zu erschaffen.

Bei meinem ersten Arbeitsplatz, in Straßburg, lebte ich acht lange Jahre. Ich liebe diese Stadt und diese Gegend. Manchmal fahre ich heute noch dorthin zurück und singe für das örtliche Fernsehen - wenn man mich darum bittet - ein altes Elsässer Volkslied. Der Universität, an der ich promovierte, bleibe ich bis zum Ende meines Lebens treu.

Und ja - damit hätte ich wohl anfangen müssen - hier verliebte ich mich in ein traumhaftes Elsässer Mädchen, und hier heiratete ich es? sogar zweimal - meine französische Frau. Sie verfolgte ich in die große Welt. Wenn es an mir gelegen hätte, wäre ich vielleicht im Rheintal geblieben.

Die längste Zeit - meine besten Jahre - verbrachte ich in Puerto Rico, sechsunddreißig Jahre lang war ich Hochschullehrer auf dieser kleinen Karibikinsel. Ich liebte meine Arbeit, meine Studenten, die Menschen. Aber es fiel mir nie ein, dass ich mich hier für das ganze Leben einrichte. Ständig bereitete ich mich auf die Heimkehr vor, in die Alte Welt, ungarische Bücher schrieb ich während meiner sechsunddreißig Tropenjahren.

Obwohl es „natürlich" gewesen wäre, dass ich bleibe. Um mich herum lebten Lehrerkollegen, frühere Studenten, die Universität verlegte meine ins Spanische übersetzten Bücher. Hier starben meine vertriebenen Schicksalskameraden. Ihnen fiel es nicht einmal ein, in ein kälteres, unfreundlicheres Land zurückzuziehen.

Nach der Rücksiedlung in die alte Heimat musste ich eine letzte Überraschung erleben. Alle meine drei Söhne kehrten auf die kleine Insel zurück und leben heute dort. Dort habe ich sie erzogen, dort liegt ihre Heimat. Ich bin alleine geblieben, mitten in der Welt, auf dem Allersberg.

Florida war der dritte Ort, wo ich erneut Fuß zu fassen versuchte. Ich habe dort ein Haus gekauft und es ist egal, wie unglaublich das klingt, ich fühlte mich dort wohl. Dieser Halbschlaf dauerte zehn

Jahre, wenn ich die dort verbrachte Zeit zusammenrechne. Bis dahin wurde der Eiserne Vorhang auch abgerissen und das Pläneschmieden fing an. Das Pendeln zwischen Miami und Budapest, das Doppelleben ist ein irrealer, utopischer Zustand.

Drei Orte, drei lange Lebensabschnitte. Ist aber die Anzahl der Jahre so wichtig? Man will doch dort sein Leben leben, wo man am längsten gelebt hat. An den Orten, die ich meinen Träumen immer wieder besuche, verbrachte ich manchmal nur ein paar Wochen. Manchmal ein paar Monate. Man sehnt sich vielleicht doch nicht an bestimmte Orte zurück, sondern nach dem Glück. Selbst dann, wenn dieses Glück nur ein paar Tage gedauert hat.

Jetzt wo ich hierher gelangt bin, fallen mir nacheinander die herzallerliebsten alten Orte ein. Gödöllő, gleich nach dem verlorenen Paradies der Kindheit. Die Fasanerie, die Verstecke, wo ich - als neugieriger, heranwachsender Junge - zwei Jahre lang als auf das Land vertriebenes Stadtkind lebte.

Wir züchteten Kaninchen, Ziegen und Hühner. Ackerflächen erstreckten sich auf beiden Seiten unseres Hauses und hinten, am Ende des Grundstücks, tuckerte die Bahn nach Miskolc. Abends rannten wir zum Bahnhof, um unsere Mutter abzuholen. Sie arbeitete in Budapest. Die schweren Einkaufstüten trugen wir nach Hause.

Am Ende der Straße schlängelte sich der Galgengraben. Ein langer feuchter Graben, wo - wir erwähnten es immer wieder mit Schaudern - die Soldaten des Freiheitskrieges von 1848 hingerichtet wurden.

In unserer Nähe lebten - und darauf waren wir stolz - früher berühmte Menschen. Bekannte und weniger bekannte Schriftsteller. Die Muse und Frau eines längst verstorbenen Dichters. Überlebende einer untergegangenen Welt. Und doch die lupenreine Belletristik.

In der Nähe lag auch ein Schwimmbad, wo wir die dunkeläugigen Zigeunermädchen bewunderten. Wenn wir Lust dazu hatten, radelten wir zu den Fischteichen auf dem unendlichen Weg in Richtung Isaszeg.

Oh, wie viele sonnige Erinnerungen! An Markttagen verkaufte ich vor dem Rathaus die Kaninchen. Ins Kino gingen wir dorthin, wo heute das Museum ist. Vor der Kasse kauften wir hundert Gramm saure Lutschbonbons.

An der Schule neben der Fasanerie lehrten nach der Verschleppung der Prämonstratenser Pater die besten Köpfe der mit dem Ende des Weltkriegs untergegangenen Zeit.

In der siebten Klasse ließ mich mein Literaturlehrer meinen ersten linkischen Versuch vorlesen. Es war ein schelmischer Text, die Geschichte einer Reifenpanne auf dem Weg nach Isaszeg. Den Namen der Heldin habe ich nicht vergessen, ihn kreierte ich aus dem Namen meiner heimlichen Liebe. Die Tochter des Wirts besuchte neulich die alte Heimat von Kanada aus. Ich durfte sie, jetzt zum ersten Mal in meinem Leben, nach siebzig Jahren umarmen. Viele kleine, komische Sachen.

Von meinen Spielkameraden lebt keiner mehr. Stefan und Peter, den Tierarzt, besuche ich nur auf dem Friedhof. Da ich immer wieder hierher zurückkehre. Ich male mir aus: Wenn ich damals, 1948 hiergeblieben wäre.

Ich kam auch noch nach Mons. In eine belgische Kleinstadt, wohin nach dem Weltkrieg die hungernden Kinder aus Budapest verschickt wurden. Zwanzig Jahre später schrieb ich in Malaga, an der spanischen Küste, meine Doktorarbeit.

Von diesen zwei Orten träume ich auch immer wieder. Früher - in den Jahren der Vertreibung in die Tropen – stellte ich mir vor, wenn es sein müsste, könnte ich auch dort Fuß fassen.

Aber es gab einen Ort, von dem ich nicht nur geträumt habe. Wo ich mir ein Haus gebaut habe.

Zufällig habe ich es entdeckt. Mit meinem jüngeren Bruder streunte ich in den Weinbergen von Burgund herum, und der Feldweg endete prompt. Zwischen den wild wuchernden Sträuchern in der Tiefe eines Gartens entdeckten wir ein baufälliges Haus aus Bruchsteinen. Der französische Hof. Der Ort, wohin wir aus der Neuen

Welt Jahr für Jahr zurückgekehrt sind. Wir renovierten das Haus, den Stall und den Schuppen. Aus dem großen Ofen bauten für mich ein Arbeitszimmer an. Am Ufer des Baches haben wir die Steinmauer aus der Römerzeit befestigt. Wie viele Pläne, wie viele Aufgaben!

Und dann sind wir eingezogen: Ich verließ die Tropianer einfach. Was danach geschah, kann ich bis heute nicht gut erzählen. Ich fand keine Arbeit, um uns herum gab es in hundert Kilometern Umgebung keine Städte. Mein Geld ging aus, meine Ehe ging kaputt.

Ich fuhr zurück in die Tropen, das Haus kaufte ein belgischer Arzt. Als Feriensitz. Die längste Zeit des Jahres steht der Hof am See - wie wir ihn nannten - verlassen. Ebenso wie wir vor zwanzig Jahren den Weg verfehlten. Mein Bruder und ich.

Ervin Lázár wurde von einem „wildfremden" Alsórácegres empfangen. „Abgerissene, umgebaute Gebäude, abgeholzte Bäume, zugeschüttete Straßen, als ob selbst die Landschaft eine andere gewesen wäre - trauriger. Meine Träume aber - fügte er dazu - kümmerten sich nicht um diesen Besuch".

Mich empfängt im Burgund das alte, bekannte Haus. Der belgische Arzt würdigt die dreihundert Jahre alten Gemäuer. Die Begegnung ist so noch schmerzhafter. Aber meine Träume scheren sich um diesen Besuch auch nicht. Ich sehe den alten Hof, davor, zwischen den Blumen, meine französische Frau und die drei herumtollenden Kinder. Die Schrecken der Scheidung bewahrt die Erinnerung nicht - sie hat sie getilgt.

Und jetzt zurück, nach Buda! Ervin wird klar, dass unsere Beziehung zu unserer Heimat von unseren Ängsten abhängt. „Egal was geschieht, die Heimat verlässt dich nicht... sie umarmt und drückt dich... Vergebens stichelt, stößt und rüttelt jemanden die Welt."

Hier, am Hang des Adlerbergs bin ich wieder daheim. Gödöllő, Florida und der französische Hof: so viele ferne Träume. Ich fand heim. Glücklich, unglücklich, das ist meine Heimat.

Konkubinat

Nach einiger Zeit geht jedes Exil zu Ende. Wie alles. So oder so. Aber meistens so, dass der Verbannte daran stirbt. Eine kurze Zeit danach weiß niemand mehr, dass er jemals existierte.

Aber es gibt einige, die es überleben. Jene, die sich remigrieren, ja, diesmal geschieht die Vertreibung zurück, von sich aus. Dorthin, woher man kam. Früher oder später verjährt alles. Und dann können alle, die weggegangen sind, frei hin und her fahren, sogar zurück.

Aber nicht so, von einem Tag auf den anderen, plötzlich. Der Exilant hat Angst: Er versucht, sich daran zu gewöhnen. Wie er sagt, er besucht seine alte Heimat. Man erschafft ein System, dass man Hin- und Herpendeln nennen kann. Das regelmäßige Pendeln führt zwangsläufig zum Doppelleben. Dies dauert so lange, bis man sich dabei ertappt, dass man nirgendwohin mehr fährt. Man bleibt auf der Stelle. Man ließ sich nieder.

Aber damit ist es nicht beendet. Nicht nur die Zurückgewöhnung ist schwer. Die bekannte, fremd gewordene Umgebung ist eine harte Nuss. Man wird mit mehr oder weniger Begeisterung meistens aufgenommen. Man hat bis dahin meistens eine Frau, einen Sohn, manchmal eine Schwiegermutter oder auch Enkelkinder.

Davon möchte ich hier erzählen. Nämlich: Wie die Frauen die Rücksiedlung, diese Tortur, ertragen.

Schwer. Annähernd heroisch. Um alles, das man für das ganze Leben eingerichtet hat, aufgeben zu können, braucht man eine große Portion Entschlossenheit. Einem Fremden zu folgen, der diesmal kein Fremder mehr wird.

Zur Gefühlsduselei hat man glücklicherweise kaum Zeit. Da die fremde Familie - ich muss es hier kaum erwähnen - wird vom Vaterland nicht mit offenen Armen empfangen. Wer bis jetzt nur als Tourist unterwegs war, kann es sich nicht vorstellen, was der Heimatswechsel bedeutet.

Nach der Einwanderung - als ob es etwas ganz anderes wäre - muss die Frau eine Aufenthaltserlaubnis besorgen. Nur danach kann man über das Arbeiten nachdenken. Und die Aufnahmeerklärung. Die muss der Ex-Verbannte - oder Remigrant - ausstellen.

„Im Bewusstsein meiner strafrechtlichen Verantwortung erkläre ich, dass meine Frau in meiner Wohnung kostenlos wohnen darf." In ihrer eigenen Wohnung! - aber das wird eben nicht betont. Die Behörde - so verspricht man es - wird innerhalb von drei Tagen einen Beschluss zuschicken.

Wer versteht das? Da der Remigrant - vergebens spricht er die Sprache - begreift es auch sehr schwer. Und die Frau, seine Ehefrau, noch weniger. Sie fragt nur. Und lacht. Der Rückkehrer wird zu einem Sandwich-Menschen, langsam aber sicher. Er übersetzt hin und her, in zwei Richtungen, zwischen seinem Lebenspartner und der Behörde. Und wer würde darunter längerfristig nicht leiden?

Über Gefangene erzählt man, wenn die Frau bis zum Ende der Strafe durchgehalten hat, dann lässt sie sich, nach der Entlassung, scheiden. Ähnlich ergeht es auch mit den Verbannten. Die menschlichen Beziehungen leiden unter der Rücksiedlung.

Und die schwerste Sache hebe ich bis zum Schluss auf. Da die fremde Frau ihre Umgebung verwüstet - sie gestaltet sie gemütlich. Vergebens sagt man ihr, Darling, das ist aber hier nicht Amerika! Und nicht die Tropen: Hier muss man winters die Fenster geschlossen halten. Die altehrwürdigen Kleiderschränke tauscht sie mit einer modernen Schrankwand aus. Sie könne das - sagt sie stolz -, es gäbe genug Geld dafür.

Die Liste ist lang. Ich führe sie nicht fort.

*

Danach geht, wie alle Dinge auf dieser Welt, diese Übergangszeit auch zu Ende. Jetzt möchte ich nur von den letzten, den allerletzten Tagen erzählen.

An diesem Abend wird der Rückkehrer von der alten Heimat mit einem Preis geehrt. Wir waren schon startbereit, als draußen die Klingel des Gartentors gedrückt wurde.

- Zwei Leute! - sagte Marina, meine Nichte.

- Lass sie herein!

Meinen Mantel hängte ich in die Garderobe zurück. Zwei Männer, in rabenschwarzen Anzügen. Einer im mittleren Alter, der andere etwas jünger. Ich biete ihnen Platz an, sie zeigen keinerlei Ausweise, sie brachten Fragebögen mit. Ausländerbehörde. Sie gestalten unseren Küchentisch um.

- Wer war das? - fragt der Ältere. Das heißt: meine Nichte.

- Wohnt sie bei Ihnen?

- Warum sollte sie mit uns wohnen? Ach ja, weil sie sie hereingelassen hat? Also sie wohnt in der Nachbarwohnung. - Die Männer nicken, notieren meine Antworten. Dementsprechend - stellen sie fest - wohnen wir nur zu zweit in dieser Wohnung.

- Und seit wann? - fragen sie.

- Also ich? Seit achtzehnhundertsechzig - antworte ich. - Da hatte mein Urgroßvater dieses Grundstück gekauft. Der Professor. Aber dazwischen, was mich betrifft, gab es ein halbes Jahrhundert Vakanz.

- Und die Dame?

- Die Dame seit zwei Monaten. Lehrerin. Sie kam zum Schuljahres-anfang.

Das verstehen sie nicht, obwohl das klar ist: Ort des Grenzüber-tritts war der Flughafen Budapest. Das steht auch in ihrem Reise-pass.

- Sind Sie verheiratet? - fragen sie.

- Seit zweiunddreißig Jahren.

Sie blättern in meinen Dokumenten. Eine Ausschreitung - wenn es sie gäbe - habe ich begangen. Meine Frau wird höchstens mitge-nommen.

- Warum wurden wir dann hierher geschickt? - bricht es aus dem Jüngeren heraus.

- Das würde mich auch interessieren.

- Wären wir fertig? - Ich stehe auf.

- Bitte unterschreiben Sie hier!

Ich nehme meinen Mantel zu mir.

*

Ihr drüben - fragt mein jüngerer Bruder - lasst ihr zwei wildfremde Leute einfach so in eure Wohnung hinein?

Wir sind arglos, das ist wohl wahr. Letztes Jahr hat man meine Papiere aus meiner Tasche herausgehoben. Geld, Kreditkarte, Reisepass, alles war verloren. Bald kam es doch heraus, dass die Menschen doch gut sind. Der Taschendieb hat uns am nächsten Tag angerufen. Er hat es bereut - gestand er reumütig. Wir sollten zum Tatort kommen und er würde uns alles zurückgeben.

Wir fuhren hin, warteten geduldig. Als wir nach Hause kamen, war unsere Wohnung komplett leer. Man hat sie ausgeräumt. Nur so. Und jetzt diese zwei rabenschwarzen Typen...

Sie sind noch nicht fertig, sie kümmert das auch nicht, dass ich meine Preisübergabe verpasse. Umständlich schreiben sie die Geburtsurkunden ab.

- Denken Sie etwa, dass wir in einer Scheinehe leben? Im Sakrament der Scheinehe? - frage ich. Sie lachen nicht. Niemand lacht.

- Bei uns nannte man das früher - bemerkte der Ältere - Konkubinat.

Jetzt kommt noch die Frage, wie viel meine Frau verdient. Und wie viel sie früher, drüben verdiente. Sie schreiben es auf, ihre Blicke treffen sich. Sind sie denn verrückt? - denken sie.

- Noch eine Kleinigkeit! - Sagen Sie und kramen einen Fotoapparat hervor.

Sie interessieren sich weder für unsere Diplome, noch für unsere Bibliothek. Sie wollen von den Koffern meiner Frau unbedingt Bilder machen. Endlich jemand! Mein Weibchen öffnet enthusiastisch die Türe der neueren Schrankwand.

- Goldige Leute! - sagt sie, als die Bürokraten sich verabschieden. Wenn du das gesehen hättest! Sie haben meine ganze Garderobe fotografiert!

Na ja. Das ist der einzige Beweis. Sie glaubten mir kein einziges Wort.

Ich weiß, dass die Fremden überall in dieser Welt kontrolliert werden. Aber uns ist dieses Land hier doch nicht fremd.

Na egal, das ist hier auch nicht das Wesentliche. Bisher hat sie mich verwöhnt, ab jetzt nehme ich sie unter meine Fittiche, meine Frau.

Die Preisübergabe habe ich verpasst. Es ist besser, wenn ich jetzt daheimbleibe. Neben dem Kachelofen, unter dem Bild meines Urgroßvaters, des Professors.

Alles geht einmal zu Ende. Das ist hier um mich herum der Garten. Und das ist das Haus. Der Friedhof ist auch in der Nähe. Ich habe mich zurückverbannt.

Migranten

Wer würde sich daran nicht erinnern! Der manchmal witzelnde aber böse Verbalantisemitismus gehörte vor dem Zweiten Weltkrieg zu den Gewohnheiten der ungarischen Mittelschicht. Dies würde mir nicht einfallen, wenn man in diesem Land heutzutage über Flüchtlinge nicht ebenso herziehen würde. Ein junger Mann schämt sich nicht, in einer konsolidierten, bürgerlichen Gesellschaft zu behaupten, dass er auf sie würde schießen lassen, wenn sie die heilige, in den Friedensverträgen vom Paris – vor hundert Jahren - festgelegte Grenze der Heimat verletzen würden.

Meine Blicke treffen sich mit jenen meiner Frau. Sie ist Kubanerin, ich war Flüchtling 1956.

- Ich bin auch ein Flüchtling - sagt Maria leise. Wir stehen auf. Zu Hause, in der Nacht, schreibe ich diese Zeilen.

*

- Haben diese Leute überhaupt Ahnung davon - fragt sie -, was das bedeutet, herausgerissen zu werden? Deinen Hof und deine Heimat zu verlassen? Deine Familie und deine Freunde?

Maria musste mit zehn Kuba verlassen. In einem Alter, in dem man nichts mehr vergessen kann. Sie kam alleine nach Florida, ohne Geld. Den Peso haben die Amerikaner nicht angenommen. Und natürlich ohne Pass und Visa.

Drei Garnituren Wäsche zum Wechseln und eine Puppe hat sie bloß mitnehmen können. Nur so viel. Auf dem Kontinent wartete ihre Schwester auf sie, und der Freund der Schwester, beide sechzehn.

Eine katholische Organisation, namens Peter Pan, hat die minderjährige bei Familien untergebracht. Sie, Maria, konnte bei ihrer Schwester bleiben. Manche haben bei Peter Pan auch Glück gehabt, ein gutes, neues Zuhause zu finden. Aus anderen wurden Kindermädchen oder Hausmädchen, kostenlose Arbeitskräfte. Maria hatte Glück.

Sie bekam Hilfe (welfare) und mittags zu Essen. Monatlich dreißig Dollar, was in den sechziger Jahren auch keine große Sache war. Dann fing Kike, der große Junge, zu arbeiten an, und das Mädchen durfte die Schule besuchen.

Die in Kuba gebliebenen Eltern konnten den zwei Kindern erst nach drei Jahren folgen. In der Zwischenzeit ist die Schwester von Maria krank geworden, der Krebs hat sie innerhalb von Monaten dahingerafft. Nach der Beerdigung kam die Familie auf die spanischsprachige Insel Puerto Rico, wo der Familienvater, ein Rechtsanwalt, Matratzenverkäufer wurde. Er ertrug das Dasein als fahrenden Händler nicht lange, mit siebenundfünfzig tötete ihn ein Herzinfarkt. Die Mutter war zuerst Babysitter, später arbeitete sie für einen Hungerlohn bei dem Bäcker um die Ecke.

Das Mädchen lernte und arbeitete. Manchmal gab sie Nachhilfestunden, manchmal war sie Verkäuferin in einem Laden. Sie kämpfte mit schweren Depressionen (ihr vernarbtes Gesicht, ihre Hautkrankheit rührt daher). Ihr erster Arbeitsplatz war eine Schule. Es dauerte Jahre, bis sie so wurde, wie die andere.

*

Maria erzählt jetzt, selbst mit sechzig, diese Dinge nicht gerne.

- Jetzt kommst du! - wiederholt sie. - Dein Schicksal ist schwerer!

Dass meins schwerer gewesen wäre, glaube ich nicht. Mir war selbst die Entscheidung zum Fliehen leichter gefallen. Drei Jahre lang versuchte ich, mich in die französische Fakultät der Universität einschreiben zu lassen – vergebens -, dabei lernte ich, dass die Welt mich nicht brauchte. Ich war Schaffner und wollte Busfahrer werden. Auf den blauen Linien in Budapest. Im Dezember 1956 fühlte ich mich noch dazu gefährdet.

Es gelang mir, die Razzien zu entgehen. Ich konnte einen Zug in Richtung Süden erwischen, danach in Richtung Norden und Westen. Von dort musste ich nur zu Fuß gehen. Im strömenden Regen stampfte ich im Schlamm in der Nacht. Tagsüber schlief ich in Scheunen und Speichern. Bei Strebersdorf führte mich ein Mann zur Grenze. Als Lohn nahm er meine Armbanduhr und mein restliches Geld ab.

Dann kam das Flüchtlingslager, Österreich. Die Österreicher haben mich ausgefragt, außer meinem Personalausweis hatte ich keine Papiere bei mir. Geld haben wir nicht bekommen, in Wien verteilten die Malteser Gebrauchtkleider und Mittagessen. Meine Busfahreruniform schickte ich nach Hause zurück - aber mein Abzeichen habe ich immer noch.

In Frankreich bekamen die zukünftigen Stipendiaten tausend Franken (fünf Dollar?) wöchentlich. Im Winter haben wir die Sprache gelernt. Im Sommer arbeiteten die meisten Studenten im Hafen.

So fing es an. Sonstige Dinge: Selbstmorde, Flucht nach Hause gehörten zum Alltag des Flüchtlingsdaseins. Ich war Bauarbeiter, fliegender Händler, Fabrikarbeiter. Die Universität lag Lichtjahre von mir entfernt. Die Literatur.

Heimkehren? Erst nach elf Jahren bekam ich - zu meinem sterbenden Vater - ein Einreisevisum. Meine daheim gebliebenen Kameraden haben schon Diplome gehabt und lehrten an Schulen. Ich beendete meine Studien erst 1969, dreizehn Jahren später.

Es ist keine leichte Sache, diese alten Erinnerungen zusammen zu kramen. Und noch dazu gehört es zu meinem Beruf. Maria presst ihre Lippen zusammen. Wenn sie nicht aufpasst, bricht sie in Weinen aus.

So etwas erzählen wir nicht den Daheimgebliebenen, den Einheimischen. Sie würden es auch nicht glauben, dass wir, „die reichen Amerikaner", im strömenden Regen, in der Kälte schufteten. Solange wir dem Wilden Westen nicht bewiesen haben, dass wir ebenbürtig sind, wurden auch wir missachtet und verachtet.

Der Kalte Krieg hat uns geholfen: Mit unserem Dasein beruhigten wir die Leute im Westen. Mit unserer Anwesenheit bestätigten wir ihre Ideologie. (Obwohl man von uns, Jugendlichen von 56, schon damals behauptete, dass wir von dem „Judeo-Bolschewismus" angesteckt worden wären; andererseits gab es Mensen an Universitäten, wo das gegnerische Lager als faschistisch erachtete ungarische Jugendliche nicht hineingelassen hatte.)

Letztendlich: Die Einzelheiten der heutigen Völkerwanderung kenne ich nicht gut genug, so will ich keine Vergleiche aufstellen. Wir beide, Maria und ich, haben hier nur das erzählt, was mit uns geschah. Aber das wissen wir, mein lieber, junger Freund, dass wir auf Heimatlose, die in diesen Tagen die Grenzen übertreten, nie würden schießen lassen.

Über tredition

EIN EIGENES BUCH VERÖFFENTLICHEN

tredition wurde 2006 in Hamburg gegründet. Seitdem hat tredition mehrere tausend Buchtitel veröffentlicht. Autoren veröffentlichen in wenigen leichten Schritten gedruckte Bücher, e-Books und audio-Books. tredition hat das Ziel, die beste und fairste Veröffentlichungsmöglichkeit für Autoren zu bieten.

tredition wurde mit der Erkenntnis gegründet, dass nur etwa jedes 200. bei Verlagen eingereichte Manuskript veröffentlicht wird. Dabei hat jedes Buch seinen Markt, also seine Leser. tredition sorgt dafür, dass für jedes Buch die Leserschaft auch erreicht wird.

Im einzigartigen Literatur-Netzwerk von tredition bieten zahlreiche Literatur-Partner (das sind Lektoren, Übersetzer, Hörbuchsprecher und Illustratoren) ihre Dienstleistung an, um Manuskripte zu verbessern oder die Vielfalt zu erhöhen. Autoren vereinbaren direkt mit den Literatur-Partnern die Konditionen ihrer Zusammenarbeit und partizipieren gemeinsam am Erfolg des Buches.

Das gesamte Verlagsprogramm von tredition ist bei allen stationären Buchhandlungen und Online-Buchhändlern wie z. B. Amazon erhältlich. e-Books stehen bei den führenden Online-Portalen (z. B. iBookstore von Apple oder Kindle von Amazon) zum Verkauf.

Jetzt ein Buch veröffentlichen: **www.tredition.de**

EINE BUCHREIHE ODER VERLAG GRÜNDEN

Seit 2009 bietet tredition sein Verlagskonzept auch als sogenanntes "White-Label" an. Das bedeutet, dass andere Personen oder Institutionen risikofrei und unkompliziert selbst zum Herausgeber von Büchern und Buchreihen unter eigener Marke werden können. tredition übernimmt dabei das komplette Herstellungs- und Distributionsrisiko.

Zahlreiche Zeitschriften-, Zeitungs- und Buchverlage, Universitäten, Forschungseinrichtungen, u.v.m. nutzen diese Dienstleistung von tredition, um unter eigener Marke ohne Risiko Bücher zu verlegen.

Alle Informationen im Internet: **www.tredition.de/Buchverlage**

tredition wurde mit mehreren Innovationspreisen ausgezeichnet, u. a. Webfuture Award und Innovationspreis der Buch-Digitale.

tredition ist Mitglied im Börsenverein des Deutschen Buchhandels.

Zeitfracht Medien GmbH
Ferdinand-Jühlke-Straße 7
99095 Erfurt, Deutschland
produktsicherheit@kolibri360.de